한밤의 동물원

꿈꾸는돌 10 한밤의 동물원

소냐 하트넷 장편소설
고수미 옮김

2014년 6월 30일 초판 1쇄 발행
2019년 6월 27일 초판 3쇄 발행

펴낸이 한철희 ┃ 펴낸곳 돌베개 ┃ 등록 1979년 8월 25일 제406-2003-000018호
주소 (10881) 경기도 파주시 회동길 77-20(문발동)
전화 (031) 955-5020 ┃ 팩스 (031) 955-5050
홈페이지 www.dolbegae.co.kr ┃ 전자우편 book@dolbegae.co.kr
블로그 imdol79.blog.me ┃ 트위터 @Dolbegae79 ┃ 페이스북 /dolbegae

책임편집 권영민
표지디자인 박진범 ┃ 본문디자인 이은정·이연경
마케팅 심찬식·고운성·조원형 ┃ 제작·관리 윤국중·이수민 ┃ 인쇄·제본 상지사 P&B

ISBN 978-89-7199-611-9 (44840)
ISBN 978-89-7199-432-0 (세트)

책값은 뒤표지에 있습니다.

이 도서의 국립중앙도서관 출판시도서목록(CIP)은 e-CIP 홈페이지
(http://www.nl.go.kr/ecip)에서 이용하실 수 있습니다.(CIP제어번호: CIP2014018162)

한밤의 동물원

소냐 하트넷 장편소설 ― **고수미** 옮김

돌베
개

로라에게

차 례

1.마을 9   2.동물원 19   3. 수리 32

4. 목소리 46   5. 이유 59

6. 전사 67   7. 선물 84

8. 식사 92   9. 법 104

10. 년 119   11. 길 139   12. 시험 157

13. 열쇠 177   14. 탈출 196

1. 마을

뾰족탑에 낡은 종이 매달려 있었다면 뎅그렁뎅그렁 열두 번을 울리며 자정을 알렸을 것이다. 엄숙하게 울리는 쇳소리에 마을 사람들은 잠을 깼을지도 모르고, 마을이 처음인 어느 작은 동물은 낯선 소리에 놀라 움찔했을지도 모른다. 하지만 종은 이미 몇 주 전에 뾰족탑에서 떨어져 지금은 허물어진 돌 무더기 사이에 조용히 묻혀 있다. 먹을 거라곤 날짐승과 길짐 승 들이 부스러기까지 모조리 물어 가 버려서, 마을에는 먹이를 찾아 모퉁이를 뒤지는 조그만 짐승 하나 없었다. 사람들도 뾰족탑을 등진 종처럼 모두 마을을 떠나 버려서, 잠을 깨웠다고 투덜거릴 사람 하나 없었다. 집은 부서졌고, 침대는 산산조각 났으며, 침실 벽은 길을 따라 폭삭 주저앉았다. 수백 년 동안 종이 매달려 있던 뾰족탑조차 이제는 그 끝이 부서진 채 끝맺지 못한 퉁명스러운 질문처럼 하늘을 배경으로 서 있었다.

마을에 깔린 구름 사이에서는 전설 속 검은 옷의 기수, 밤이 그 고요함을 눈치채고 석탄처럼 까만 말에 올라 고삐를 조였다. 밤은 왜 종이 울리지 않는지, 왜 동물이 어슬렁거리지 않는지, 왜 갓난아이가 자정을 알리는 종소리에 깨어나 분홍빛 입술을 벌리고 울지 않는지 궁금한 마음에 별 무리를 뒤로한 채 크고 둥그런 등불인 달을 들고 마을 가까이 다가갔다.

　　조그만 마을에는 자갈길을 따라 뛰어가는 얼룩 고양이 한 마리 없었다. 늘어선 가게 앞 유리창 그 어디에서도 불빛이 새어 나오지 않았다. 한때는 가로등 밑에서 마을을 장식했던 제라늄 화분이 이제는 도로에 흙을 토해 낸 채 부서져 나뒹굴었다. 위풍당당했던 가로등은 난파선 돛대처럼 어색한 각도로 기우뚱 기울었고, 발치에는 유리 조각이 흩어져 있었다. 살림집과 관공서를 짓고 시장에 장식 기둥을 세우고 광장에는 마을 악대를 새긴 탑을 쌓는 데 썼던 돌덩이도 이제는 보기 싫게 무더기 지어 길을 막거나 아직 무너지지 않은 벽에 쌓여 있었다. 여기저기 아직 꺼지지 않은 잔불이 타다 만 창틀과 바닥에 흐르는 기름을 마저 먹어 치우고 있었다.

　　밤이 하얗게 타는 커다란 등불을 땅 가까이 비추어 보니, 거미 한 마리가 집을 지을 만한 곳을 찾아 수없이 많은 돌덩이 틈을 헤매고 있었다. 그때 구름 한 점이 걷히고 달빛이 다시 한 번 마을에 드리우자, 놀랍게도 남자아이 둘이 황폐한

거리를 걷고 있는 모습이 드러났다. 아이들은 발소리가 나지 않도록 조심스럽게 돌무더기 주위를 빙 돌아서 걸음을 옮겼다. 키 큰 아이가 길잡이가 되어 앞장서 걷고 있었다. 낡은 옷과 장화 차림의 두 아이는 밤이 생각했던 것보다 훨씬 어렸고, 팔다리는 삐쩍 말랐다. 둘 다 앳된 얼굴에 두 눈은 까마귀 눈처럼 새까맣고, 검은 머리는 까마귀 둥지처럼 제멋대로 헝클어져 있었다. 한배에서 나서 될 수 있는 한 오래 함께하는 고양이들이 그렇듯, 둘은 영락없는 형제였다. 두 아이 모두 등에 배낭을 메고 있었다. 형이 좀 더 무거운 것을 짊어졌고 동생은 그보다 홀쭉한 것을 짊어졌다. 동생은 부서진 건물 사이를 조심스럽게 걷다가 가끔 용기를 내 슬쩍 고개를 들고 슬픈 눈길로 주위를 둘러보았다. 동생이 "안드레이 형." 하고 불렀지만, 형은 못 들은 척 뒤도 돌아보지 않고 깨진 기와와 축 늘어진 차양, 부러진 목재와 무너진 담 사이에서 길을 찾는 데만 집중했다. 밤은 동생이 참고 참다가 다시 형을 부르는 모습을 지켜보았다. "형!" 하고 동생이 작은 소리로 불렀지만, 안드레이는 아무 대답도 하지 않았고 관심도 기울이지 않았다. 발밑에서 뭔가가 쇳소리를 내면서 굴러갔다. 안드레이는 쭈그리고 앉아 두 손바닥을 펴서 조심스럽게 자갈길을 더듬었다. 손가락에 코르크 따개가 걸렸다. 하얀 달빛 등불에 비추어 보자, 똬리를 튼 뱀처럼 빙빙 꼬인 코르크 따개가 달빛을 받아 거뭇하게 드러났다. 쇠붙이 끝이 뾰족했다.

토마스가 고집스럽게 "형." 하고 또다시 불렀다. 세 번째였다. 안드레이는 한숨을 내쉬었다. 동생이 지쳤다는 것을 알고 있었다. 짊어진 가방이 무거운 데다 으스스한 길에서는 귀신이 나올 것 같을 것이다. 안드레이는 열두 살밖에 안 됐지만 지금껏 토마스를 돌봐 왔다. 그래서 아홉 살 먹은 동생을 어린아이라 여겼지만 막상 자기 자신은 아이로 생각하지 않았다. 마린 삼촌이 직접 사다 길들여서 되판 튼튼한 조랑말들을 이해했던 것처럼, 안드레이도 토마스를 이해하려고 애썼다. 삼촌은 말했다.

"말은 너를 즐겁게 해 주려고 해. 하지만 말이 바라는 걸 들어주지 않으면 말도 너를 즐겁게 해 주지 않아. 말한테 먹이를 주고, 쉬게 해 주고, 짚을 깔아 주고, 용기를 북돋워 줘야 해."

용기가 중요했다.

"말은 바보가 아니야. 조용하게 사는 걸 좋아하지. 하지만 용기를 내야 할 일이 생기면 신처럼 용감하게 일어설 수 있어. 용기가 무엇인지 보여 줄 수 있는 용감한 사람만 있으면 돼. 말한테 믿음을 주려면 네가 두려움을 모르는 영웅, 안드레이라는 확신을 줘야 해. 겉으로만 용감한 체해서라도."

그래서 두려움이 마음속에서 성난 검은 새처럼 날개를 퍼

덕일지라도, 모퉁이마다 군인이 숨어서 자기 같은 아이를 노릴지라도, 마린 삼촌이 죽고 동생과 외로이 남았을지라도, 안드레이는 마치 지금의 이 위태로운 삶이 별스럽지도 두렵지도 않다는 듯이 언제나 침착하고 흔들림 없는 모습을 토마스에게 보여 주려고 애썼다. 안드레이가 코르크 따개를 쑤셔 넣으며 말했다.

"힘내. 괜찮아. 조금 이따 쉬자."

토마스는 주먹으로 눈물을 훔친 다음 어기적거리며 형을 따라갔다. 몇 주 내내 숲 속에 숨어 지내며 헛간에서 자고, 바람 부는 거리를 돌아다닌 탓에 온몸에는 땟국이 흘렀고, 먼지 투성이 옷은 색이 바랬다. 토마스는 그림자보다 더 눈에 띄지 않는데도 마치 자기가 불이 환하게 켜진 성당처럼 도드라져 보이는 것만 같았다. 안드레이가 옳았다. 토마스는 싹 다 부서진 마을에 귀신이 산다고 생각했다. 개도 짖지 않고, 시계도 째깍거리지 않고, 수도꼭지에서 물도 떨어지지 않고, 아기도 울지 않고, 갓 구운 빵 냄새가 새어 나오는 문간에서 아이를 쫓는 손뼉 소리도 나지 않았던 것이다. 하지만 차가운 이 불처럼 길에 깔린 고요 속에서도 귀신의 숨소리가 들렸다. 귀신이 발소리를 내며 따라오다가 토마스가 멈추면 같이 멈추는 것 같았다. 귀신이 두 눈을 뜨고 그 눈 뒤로 토마스에 대해, 토마스의 어리석음과 무력함에 대해, 그리고 토마스에게 닥칠 어떤 일에 대해 생각하는 것처럼 보였다. 몇 주 내내 토마스와 안드레이는 여러 마을을 떠돌며 살았다. 더러 친절한 마을도 있었고, 더러 쌀쌀맞은 마을도 있었으며, 피해를 입지 않은 마을도 있었고, 이 마을처럼 피해를 입은 마을도 있었다. 하지만 이 정도로 벌 받고 버림받은, 우중충한 마을은 없었다. 어느 마을에선가 엉덩이를 녹이려고 꺼져 가는 불 곁에 멈추어 선 적이 있는데, 이곳에서는 불꽃마저도 적대적으로 혓바닥을 내밀며 비웃는 것 같았다. 토마스는 두 어깨에 멘 배낭을 추스르며 서둘러 형을 따라잡았다.

"형, 나 하나도 안 힘들어. 안 쉬어도 돼."

달빛이 요정의 갑옷처럼 안드레이를 감쌌다. 안드레이는 부서진 건물 더미에서 눈길을 돌려 걱정스러운 표정으로 동생을 보고 웃었다.

"무서워하지 마."

"안 무서워……."

"금방 안전한 데를 찾을 거야. 거기 가면 넌 좀 자."

"그럼 형은 뭘 할 건데?"

토마스는 알면서 물었다. 토마스가 자는 동안 안드레이는 다시 마을로 돌아와 무너진 건물을 샅샅이 뒤지며 뭐든 쓸모가 있음 직한 것을 찾아 탐험할 것이다. 벽을 타고 넘거나 틈새로 기어 들어가서 찬장을 열고 상자를 쏟아 볼 것이다. 토마스가 깰 때쯤이면, 머리맡에는 보물이 있을 터였다. 언젠가 토마스는 구슬로 뜬 지갑에서 은화가 와르르 쏟아지는 소리에 눈을 뜬 적이 있다. 또 한번은 계피 빵 여섯 개와 톡 쏘는 피클이 든 단지에 잠이 깬 적도 있고, 반짝이는 새콤한 사과 주스 병 세 개에 잠이 깬 적도 있다. 그런 것들이 아니라면, 신사 모자나 박제한 물새나 납으로 만든 동물 세트나 조개 목걸이처럼 너무 크거나 무겁지 않아서 토마스가 갖고 놀면서 이야기를 지어낼 수 있는 특별한 보물이 있을지도 모른다. 토마스는 이렇게 많은 것을 가져오는 형의 용기에 크게 감탄했다. 하지만 그게 싫기도 했다. 용기가 있다고 일이 잘 풀리는 것도 아니고 상황이 괜찮아지는 것도 아니었다. 때로는 용기가 있다는 게 세상에서 가장 위험한 일이라는 것을 토마스는 알게 되었다.

두 달 전 자작나무 빈터에서 끔찍한 일을 겪은 뒤로, 삶은 마치 물살이 빠르고 바닥이 울퉁불퉁한 강을 맨발로 비틀비틀 건너는 것 같은 참을성에 대한 도전이 되어 버렸다. 걱정이 삶의 끄트머리를 다 갉아먹고 있었다. 무엇보다 토마스의 가장 큰 걱정거리는 어느 날 잠에서 깨어 보니 형이 돌아오지 않는 것이었다.

길을 따라 산들바람이 낮게 불어오더니 신문지를 자갈길 너머로 휙 날려 보냈다. 하늘 높이 어둠의 기사인 밤이 무릎을 꿇고 있는 곳에서는 바람이 더욱 세차게 불었다. 전함처럼 빽빽하던 구름 함대가 세찬 바람에 닻을 올렸다. 구름이 달 가까이 항해하자 밤이 들고 있던 등불이 꺼져 버렸다. 어둠이 마법사의 망토처럼 마을에 좍 펼쳐졌다. 안드레이는 토마스가 훌쩍이면서 소매를 잡는 것을 느꼈다.

하지만 안드레이는 두렵지 않았다. 어둠은 친구였다. 마린 삼촌이 이렇게 말한 적이 있다.

"현관 깔개에서 잠자고 사발에 우유를 먹는 집고양이가 있는가 하면, 숲에 살면서 절대 길들지 않는 야생 고양이도 있어. 안드레이, 우리는 야생 고양이 같은 사람들이야. 현관 깔개는 갖지 못하겠지만 하늘과 땅이 다 네 것이란다."

안드레이는 동생의 손을 움켜잡으며 나지막이 속삭였다.

"빨리! 어두울 때! 공격이다!"

그러더니 둘은 마치 두 마리 사슴이 풀밭을 가로지르듯이 위험한 길을 따라 달려갔다. 비록 앞에서 이끄는 것이라고는 희미한 별빛밖에 없었지만, 움푹 파인 구덩이와 깃대를 잽싸게 피하고 벽돌담을 쓰러뜨리며 달렸다. 회오리바람이 깨어나 흑마술을 부리듯 빙빙 돌며 피어올랐다. 두 아이는 어둠을 뚫고 소리 내어 웃으며 내달렸다. 길이 넓어지면서 소리가 울리는 마을 광장이 나왔다. 모퉁이를 휙 돌자 좁은 길이 나왔고, 무너진 건물을 지나자 끝없이 이어진 높다란 쇠울짱이 나왔다. 안드레이가 쇠창살을 손으로 덜컹덜컹 훑으며 지나갔다. 토마스는 팔을 날개처럼 펼치고 "나는 비행기다, 비행기!" 하고 소리쳤다. 안드레이도 비행기가 되어 토마스 옆을 날며 손가락 끝으로 쇠창살에 총을 쏘는 시늉을 했다. 갑자기 쇠울짱이 뚝 끊기고 유혹하듯 활짝 열린 문이 나타났다. 비행기 형제는 비스듬히 날며 날개를 접고 문 안으로 뛰어들었다. 발밑은 깨진 돌이 아니라 잔디였다.

"하강!"

안드레이가 외쳤다. 비행기 형제는 소리를 지르고 좁게 원을 그리며 급강하한 뒤 콜록거리며 무릎으로 착륙했다. 안드레이는 눈을 가늘게 뜨고 한밤중 어둠을 바라보았지만 아무것도 보이지 않았다. 하지만 위쪽에서는 나뭇잎 냄새를, 아래쪽에서는 상쾌한 흙냄새를 맡고서 숲을 떠올렸다.

안드레이가 숨을 헉헉 몰아쉬며 말했다.

"여기서 쉬자. 안전한 데 같아."

안드레이가 입 밖으로 소리를 내는 순간 무슨 일인가 벌어졌다. 자갈밭에 널빤지를 끄는 것처럼 낮고 거친 소리가 어둠 속에서 들려오더니 곧바로 더 커지고, 더 거칠어지고, 더 가까워졌다. 말소리인가 싶었지만 으르렁거리는 소리였다. 다음 순간, 구름이 살짝 비켜서면서 달빛 한 줄기가 세상을 어루만졌다. 그리고 으르렁거리는 소리는 그 달빛 아래 다리가 길고 털은 헝클어진 채 긴 이빨을 드러낸 늑대 모습을 하고선 안드레이가 손을 뻗기만 하면 턱을 긁어 줄 수 있을 만큼 바로 눈앞에 있었다.

2. 동물원

토마스는 겁에 질려 악 소리를 지르며 뒷걸음쳤다.

안드레이 또한 용기를 떠올릴 겨를도 없이 뒤로 나자빠졌다. 늑대가 너무 가까이 있어서 그 눈동자에 얼굴이 비칠 정도인데, 용기 같은 게 생각날 리 없다. 늑대한테서 멀어지고 싶어서 비명을 질러 댈 뿐이었다. 형제는 소리소리 지르며 허둥거리다 무거운 배낭에 눌려 풀밭에 미끄러지면서 팔꿈치를 짓찧었다. 그 와중에도, 아무리 달린다 해도 늑대한테서 벗어날 수 없다는 생각이 머릿속을 떠나지 않았다.

그래도 안드레이는 가까스로 일어나 토마스의 팔을 잡아 끌고는 부리나케 잔디밭을 지나서 문밖으로 나가 캄캄한 길을 따라 달려 내려갔다. 두 아이는 공포에 질려서 덜덜 떨리는 목소리로 미친 듯이 새된 소리를 질러 댔다. 자갈길을 마구 달려 단단한 벽 같은 쇠울짱을 지나갔지만, 등 뒤로는 늑대가 발을 굴리는 소리가 났고, 귓가에는 날카로운 송곳니 부딪치는 소리가 들렸다. 달려 봐야 소용이 없다는 걸 알고 멈춰서 맞서기로 했다. 안드레이는 토마스를 앞으로 밀쳐 보내고 몸을 획 돌렸다. 그제야 등 뒤에 아무것도 없다는 것을, 먼지만이 발뒤꿈치를 쫓아오고 있다는 것을, 늑대가 기적처럼 사라졌다는 것을, 아니, 처음부터 없었다는 것을 깨달았다. 안드레이가 비틀거리며 소리쳤다.

"거기 서!"

그러자 토마스도 곧 갈팡질팡하다 달리기를 멈추었지만, 불안하게 폴짝폴짝 뛰면서 놀란 토끼 눈을 하고 주위를 두리번거렸다. 안드레이가 자신 있는 목소리로 말했다.

"이제 괜찮아. 저기 봐!"

쇠울짱에 보라색, 노란색 꽃과 황금빛 백합 문장이 새겨진 간판이 붙어 있었다. 리본처럼 구불구불한 푸른 글자가 그 꽃 사이를 누비고 있었다. ZOOLOGICKÁ ZAHRADA.(이하 동물원 이름패는 모두 체코어다.) 토마스는 글을 읽지 못했기 때문에 안드레이가 대신 읽어 주었다.

"동물 정원이라고 쓴 거야. 동물원."

토마스는 머뭇머뭇 길 한가운데에 서서 눈을 깜박이며 간판과 길을 번갈아 보았다. 그러다가 가까스로 물었다.

"늑대는 우리 안에 있는 거야?"

"틀림없어. 못 쫓아와."

토마스는 여전히 겁을 먹고 있었다. 형이 뭐라 말할지 알았기 때문에 토마스는 그 말을 듣기도 전에 말했다.

"싫어."

안드레이가 뭐라고 대꾸했는지는 몰라도, 그 말은 갑작스럽게 적막을 깨는 날카로운 소리에 묻혀 버렸다. 그것은 무시무시하고 신비로운 어떤 동물이 내는 소리 같았지만, 사실은 토마스가 등에 멘 배낭 깊숙한 곳에서 터져 나온 소리였다. 안드레이의 얼굴이 어두워졌다.

"너 때문에 빌마가 깼잖아!"

"뭐! 나도 어쩔 수 없었단 말이야!"

토마스가 울음을 터뜨렸다.

안드레이는 토마스를 돌려세우고 배낭끈을 풀더니 포대기에 싸인 채 빽빽 울고 있는 조그만 아기를 꺼냈다. 아기는 아주 단단히 싸여 있어 옴짝달싹할 수 없었지만, 비행기를 탔다가 이어서 불시착을 하고 늑대로부터 미친 듯이 달아나기까지 참고 참아야 했던 노여움을 온몸으로 내뿜었다. 빌마는 아홉 살짜리 오빠가 어깨에 메고 다니는 배낭에서 살다시피 하여 저를 조심성 없이 막 다루는 데 길들었지만, 지금은 두 오빠가 제 착한 성격을 이용한다고 느꼈는지 한소리로 빽빽 울어 댔다. 안드레이는 빌마를 살살 어르고 벌린 입을 쓰다듬으면서 미안하다고, 소동은 이제 끝났다고 달랬다.

"뚝 해야지."

어둠 속으로 빌마의 울음소리가 얇은 철판처럼 날카롭게 울려 퍼지고 있었기 때문에 안드레이는 애원조로 말했다. 하지만 날마다 조용히 하라고 달래는 소리를 들어야 했던 빌마는 더 이상 가만있지 않겠다고 굳게 마음이라도 먹은 듯했다. 안드레이는 빌마를 품에 꼭 껴안고 빙글빙글 왈츠를 추며 쉰 목소리로 말했다.

"쉿! 쉿! 착하지."

안드레이가 한 손을 달빛에 비춰 보더니 얼굴을 찡그리며 말했다.

"오줌 쌌구나……."

"만날 싸! 냄새나잖아!"

"안 나!"

안드레이가 쏘아붙였다. 하지만 바로 그때, 빌마한테서 냄새가 났다. 왜 그런지 잘은 몰라도 안드레이는 여동생에 대해 나쁘게 말하는 소리가 듣기 싫었다.

"아직 아기잖아……."

"그럼 형이 맡아."

"토마스! 다른 건 다 내가 맡았잖아! 넌 그냥 아기만 맡으면……."

"냄새나는 아기."

빌마가 몸을 뻗대며 빽빽 울었다. 성난 분홍 나비가 날개
를 활짝 펼치듯 입이 벌어졌다. 혀는 이 하나 없는 잇몸 사이
에서 꼬리지느러미처럼 흔들렸다. 꽉 감은 눈에서는 눈물 한
방울 흐르지 않았지만 턱으로는 침이 질질 흘렀다. 빌마는 숨
을 들이쉬더니 다시 자지러지게 울었다. 용서할 생각이 없었
다. 안드레이는 팔을 쭉 뻗어 빌마를 들어 보고는, 이렇게 조
그만 아기가 이처럼 사납게 울 수 있다는 사실에 놀랐다. 아
기의 울음소리에 돌무더기가 날아가고 마지막까지 남은 대들
보가 흔들리다 쓰러지는 모습이 머릿속에 그려졌다. 군인이
선잠에서 깨어나 무슨 소리인지 궁금해하는 모습이 떠올랐
다. 안드레이가 토마스에게 말했다.

"레몬 버터 좀 꺼내 줘."

토마스는 귀에서 손을 떼고는 안드레이의 배낭끈을 푼 다
음 발뒤꿈치를 들고 배낭 속을 뒤졌다. 작은 병에 반밖에 남
지 않은 레몬 버터는 아이들에게 무척 소중했다. 아기에게 레
몬 버터를 먹여도 되는지 모르겠지만, 달콤하고 노란 버터는
빌마가 가장 좋아하는 것이었다. 아이들은 빌마가 울때 달래
는 데 쓰려고 버터를 조금씩 아껴 먹였다. 안드레이는 손가락
끝으로 반지르르한 버터 덩어리를 떼어 빌마 입에 쏙 넣어 주
었다.

잠시 동안 빌마는 분이 풀리지 않는지 안드레이가 내민 손가락을 마다하고 울었다. 하지만 레몬 버터가 입천장에 닿자 캑캑거리고 맛을 보더니 안드레이의 손마디를 물고 코를 훌쩍이면서 슬픈 눈으로 오빠를 바라보았다. 빌마는 힘없이 울음을 그쳤다. 형제는 헝클어진 머리가 서로 맞닿을 듯 가까이 붙어 선 채 눈물에 젖어 새빨개진 아기 얼굴을 가만히 들여다보면서 앙상한 둥지에 학이 내려앉는 것처럼 또다시 길거리에 고요함이 깃드는 것을 느꼈다. 빌마는 칭얼대며 코 풍선을 불더니 눈을 감고 한숨을 쉬었다. 토마스도 비로소 한숨을 돌렸다. 몸과 마음이 무척 고달팠다. 안드레이가 그제야 말했다.

"동물원으로 들어가자."

토마스는 대답하지 않고 눈길을 돌렸다.

"늑대는 우리에 갇혀 있어. 널 해치지 못해. 누울 잔디밭도 있어. 나무도 있고. 빌마한테 젖병을 물리고 빌마를 닦아 줄 수도 있어. 이 길에 있는 것보다는 저 안이 더 나아."

토마스는 엉거주춤했다. 맞는 말이지만, 형이 동물원을 탐험하고 싶은 마음에 그렇게 말했을 뿐이라는 것도 잘 알았다. 늑대 생각에 가슴이 벌렁거리기는 하지만 토마스도 동물원을 살펴보고 싶기는 했다. 모험이 될 터였다. 게다가 형이 혼자 탐험을 나간 동안 길가에서 빌마와 함께 한뎃잠을 자는 것보다는 나을 것이다. 한 번도 동물원을 본 적은 없지만, 길가에서는 두 번 다시 보고 싶지 않은 것도 봐야 했다. 토마스가 불쑥 뛰쳐나가며 말했다.

"좋아. 하지만 빌마는 형이 닦아 주기야."

그래서 안드레이는 동생을 따라서 왔던 길을 되돌아갔다. 폐허가 된 마을은 뒤에서 속삭였고 빌마는 안드레이의 품에 느슨하게 안겨 있었다. 세 오누이가 동물원 문을 지나가자 밤의 기수가 몸을 가까이 기울였다. 달빛 등불은 맞수인 햇살처럼 환한 빛을 내뿜어서 잔디를 서리가 내린 듯 하얗게 물들였고 단풍잎에는 박하사탕처럼 흰옷을 입혔으며 대기에는 은은하게 백랍을 칠했다.

동물원 문턱을 넘자마자 토마스는 천천히 걸었다. 안드레이도 걸음을 늦추며 조심스럽게 이리저리 둘러보았다. 둘은 나란히 잔디밭을 가로질러 비행기 놀이를 하면서 내려앉았던 곳으로 갔다. 토마스가 소곤거렸다.

"만일 늑대가 나와 있으면 아기를 늑대한테 던져."

안드레이는 아무 말도 않고 꿀꺽 침을 삼켰다. 생각만 해도 끔찍했다.

하지만 늑대는 풀려 있지 않았다. 낮게 뜬 달이 구름과 두려움에 가려 보이지 않던 것을 환하게 비춰 주었다. 굵은 창살이 검게 비죽비죽 솟아 있었고, 그 안쪽으로는 늑대가 갇혀 있었다. 늑대는 우리 한가운데에 서서 조금도 움직이지 않았는데, 아이들이 다가가자 갈색 눈으로 빤히 노려보며 귀를 쫑긋 세웠다. 안드레이가 봤던 어느 개보다 훨씬 큰, 커다란 늑대였다. 여름털은 붉은빛이 감도는 잿빛이었으며 긴 다리에 발목 뼈마디는 툭 불거졌고 뾰족한 주둥이 쪽에는 수염이 나 있었다. 야윈 몸에 앙상한 어깨뼈가 불룩 튀어나왔고 가슴엔 털이 빠져서 가죽이 물결 모양으로 드러나 있었다. 담비 꼬리처럼 뾰족하고 덥수룩한 꼬리는 가만히 매달려서 아무런 감정도 드러내지 않았다. 안드레이는 늑대를 똑바로 보면서 떨리는 숨을 들이마셨다. 이 늑대와 얼마나 가까이 있었던지. 손이 닿을 만큼 가까웠다.

다른 동물 우리가 늑대 울타리에서 곡선을 그리며 뻗어 있었다. 우리에는 틀림없이 흥미로운 동물들이 들어앉아 있을 것이다. 하지만 빌마가 빗장뼈를 누르며 꼼지락거렸고, 빌마를 안고 어르느라 축축해진 손도 찝찝했다. 안드레이는 빌마를 잔디밭에 눕혀 놓고 무릎을 꿇은 채 포대기를 풀었다. 토마스가 숨을 참으며 말했다.

"어휴, 냄새 때문에 죽겠네."

하지만 안드레이는 그저 입을 꽉 다물고 있었다. 예전에 마린 삼촌은 늑대가 아주 영리한 짐승이라고 말해 주었다. 안드레이는 우리에 갇힌 늑대가 저희 쪽으로 귀를 기울이고 있는 게 느껴졌다.

"빌마는 아직 아기잖아. 어쩔 수 없는 거야."

안드레이는 토마스와 늑대에게 다시 한 번 알려 주었다.

"너희 둘도 좋은 냄새가 나는 건 아니거든."

맞는 말이었다. 안드레이는 때에 찌든 포대기를 둘둘 말아서 나뭇잎 더미 밑에 묻어 두었다.

토마스는 이것저것 빌마한테 필요한 것을 찾으려고 배낭 속을 뒤졌다. 안드레이가 잔디를 몇 줌 뜯어서 빌마를 깨끗하게 닦고 스카프로 물기를 닦아 주는 동안, 토마스는 우유병 뚜껑을 열고 고무 젖꼭지를 병 주둥이 가장자리까지 당겨 씌웠다. 가죽을 꼬아 만든 팔찌 열 개를 젖꼭지와 우유병으로 맞바꾼 것이다. 양치기 여자애는 흥정에 빡빡하게 굴었고, 안드레이는 밑지는 걸 알면서도 마지못해 바꾸고 말았다. 새끼양에게 물리려고 만든 우유병이라서 처음 우유를 담아 주었을 때엔 빌마가 양처럼 빨려고 하지 않았다. 하지만 차츰 익숙해지더니 이제는 사람 아기용 우유병을 어떻게 빠는지 잊어버린 것 같았다. 안드레이는 여동생을 닦아 주고 물기를 말린 다음 네모난 옥양목을 탁탁 털어서 다리 사이에 척척 채우고는 핀 두 개를 단단하게 꽂아 놓았다. 옥양목에 핀을 꽂을 때에는 빌마의 몸과 기저귀 사이에 손가락을 넣어서 날카로운 핀 끝이 자칫 빌마를 찌르지 않고 자기 쪽으로 나오게 했다. 그 모습을 보면서 토마스는 존경심이 확 솟구치는 것을 느꼈다. 엄마도 예전에 그렇게 했다. 형은 이 솜씨를 엄마한테 배웠지만, 토마스는 똑같이 해 볼 용기가 나지 않을 것 같았다. 갑자기 핀에 찔리면 얼마나 아플지 생각만 해도 팔다리가 후들거렸다. 다행스럽게도 토마스가 맡은 일은 우유병을 배에 대고 문질러 최대한 따뜻하게 데우는 거였다.

한여름이긴 해도 밤엔 살짝 쌀쌀했기 때문에 안드레이는 토마스가 메고 있는 배낭을 뒤져 해진 옷 가운데서 털로 짠 숄을 꺼냈다. 빌마의 팔다리를 몸에 바짝 붙인 뒤 얼굴만 밖으로 나오게 숄로 포근하게 감쌌다. 그런 다음 빌마를 재빨리 들어 올려 토마스의 품에 안겨 주었다. 토마스는 빌마가 뭐라고 칭얼대기 전에 냉큼 젖꼭지를 입에 물렸고, 비로소 안드레이와 함께 홀가분하게 늑대에 대해 생각할 수 있게 되었다.

늑대는 화강암으로 깎은 듯 가만히 서서 두 아이를 똑바로 맞보았다. 숨도 쉬지 않는 것 같았다. 얼마 있다가 늑대가 검은 코를 옆으로 젖혔다. 안드레이가 말했다.

"우리 냄새를 맡는 거야."

안드레이는 늑대라는 짐승이 지난겨울에 내린 눈송이 냄새나 몇 년 전에 죽은 말코손바닥사슴의 뼈 냄새까지 거의 모든 냄새를 감지할 수 있다는 것을 알고 있었다. 그런데 늑대가 자기와 동생들의 냄새를 맡고 있다니 이상하게도 멋진 일

이었다. 이 커다랗고 근엄한 짐승의 삶으로 뛰어든 것도. 안
드레이는 문득 깨달았다.

"쓰다듬고 싶다."

"형을 물 거야."

안드레이도 알고 있었다. 안드레이는 제멋대로 자란 잔디
밭에 쪼그리고 앉아서 무릎 사이로 손깍지를 꼈다. 머리 위쪽
늘어진 단풍나무 가지 사이로 바람이 불어오자 나뭇잎 그림
자가 땅에서 살랑거렸다. 달빛은 우리 창살 위에서 곱고 보드
라운 달팽이 자국처럼 빛났고, 얼룩덜룩한 늑대 털 사이를 누
비다가 털끝에서 반짝였다. 늑대는 여전히 조각처럼 꼼짝 않
고 서 있었지만, 울안에 갇힌 다른 짐승들은 어슬렁거리며 코
를 킁킁거리고, 눈동자를 굴리고, 혀로 이빨을 핥고 있었다.
안드레이는 그것을 볼 수는 없어도 느낄 수는 있었다. 안드레
이가 조바심을 내며 물었다.

"빌마는 잠들었니?"

토마스는 빌마를 힐끗 내려다보았다.

"아직. 하지만 아까보다 기분은 좋아졌어."

안드레이는 양 손바닥을 맞쥐며 조바심을 꾹 눌렀다. 빌
마가 뭘 더 해 달라고 칭얼대면 동물원 탐사에 방해가 될 것
이다. 그래서 안드레이는 빌마가 기분이 좋아질 때까지 기다
릴 작정이었다. 두툼한 단풍잎 사이로 솨솨 불어오는 산들바

람 소리에 귀를 기울였다. 바람이 쇠창살 울타리 너머로 마을 주위를 어슬렁거리는 소리, 으스러진 지붕에서 한숨 쉬는 소리, 박살 난 덧문에서 휘파람 부는 소리가 들렸다. 늑대가 한쪽 귀를 조금 쫑긋했다. 안드레이는 늑대가 무엇을 듣고 있는지 궁금했다. 불타는 도시를 마구 휘젓고 다니는 탱크 소리나 바다에서 고래들이 서로 이야기하는 소리를 듣고 있을지도 모른다. 마린 삼촌은 말했다.

"늑대는 네 심장이 뛰는 소리도 들을 수 있어. 네가 태어나기 전이라도 말이야."

그래? 안드레이는 늑대에게 애타게 묻고 싶었다. 내 심장 소리를 들을 수 있어?

"실컷 먹은 것 같아."

토마스가 우유병을 내려놓았다. 빌마를 똑바로 안아 들고 등을 문질렀다. 왜 꼭 이렇게 해야 하는지는 모르지만, 엄마가 하는 걸 본 적이 있기 때문이었다. 빌마는 토마스의 품에서 몸을 축 늘어뜨리더니 끅끅거리다가 이윽고 우유 한 모금을 토해 냈다. 토마스는 소매로 우유를 닦아 냈다. 그러고는 빌마의 눈앞에 손가락을 흔들며 말했다.

"빌마! 우리 아가?"

빌마는 만족스러운 듯이 고양이처럼 옹알거렸다. 하지만 토마스가 빌마를 배낭 속 보금자리에 눕히려고 하자 빌마는 눈을 동그랗게 뜨더니 입을 일그러뜨리면서 울기 시작했다. 울음소리가 나자 늑대가 한 발짝 다가섰다. 안드레이는 늑대의 두 눈에서 쌍둥이 불꽃처럼 확 타오르는 달빛을 보았다. 토마스가 말했다.

"잠자기 싫은가 봐. 동물원을 구경하고 싶은 것 같아."

"이리 줘."

토마스는 기꺼이 여동생을 형에게 넘겨주고는 잔디에 손을 닦았다. 헐렁한 바지춤을 추키고 엉덩이께로 내려온 허리띠를 다시 조였다. 위에 입은 옷은 너무 커서 소매가 척 늘어지지 않도록 소매 끝을 노상 접어야 했다. 안드레이가 벌써 가 버린 탓에 토마스가 꽥 악을 썼다.

"같이 가!"

그러고는 형을 따라잡으려고 깡충거리며 뛰어갔다. 미처 접지 못한 소매가 깃발처럼 치렁거렸다.

3. 우리

형제가 맨 처음 안 것은 이 동물원이 비록 지금까지 본 동물원 중 가장 크긴 해도 작긴 작다는 사실이었다. 안드레이는 단풍잎을 보고 제멋대로 뻗어 나간 숲인 줄 알았지만, 단풍나무는 둥그런 잔디밭 한가운데 홀로 서 있을 뿐이었다. 그 둥그런 잔디밭 둘레로 우리와 우리가 서로 어깨를 맞대고 있었다. 장벽처럼 에워싼 우리 사이에는 거리로 이어지는 자갈길 하나가 뚫려 있었다. 둥그런 잔디밭에서 쐐기꼴 꽃잎처럼 우리들이 뻗어 나간 모양이 미나리아재비 꽃 같았다. 토마스는 이 동물원에 꽃이나 꽃밭이 없는데 정원이라고 이름 붙인 까닭을 알 것 같았다. 단풍나무 발치에는 사람이 앉을 수 있는 초록 벤치가 있었고, 벤치 옆에는 대리석으로 깎은 인어가 받침돌에 누워 있었다. 벤치에 앉아 고개만 한 번 돌리면 동물원 전체를 훑어볼 수 있었다.

안드레이는 늑대가 저희를 볼 만큼 봤다고 느꼈다. 그래서 자갈길 옆에 있는 우리부터 살펴보기 시작했다. 물론 늑대 우리에서 가장 멀리 떨어진 우리였다. 아이들은 창살에 가까이 다가가 안을 들여다보았다. 달빛에 비친 울안에선 어렴풋이 밀 냄새가 났고, 비둘기 깃털 뭉치와 전나무 가지로 만든 횃대 말고는 아무것도 없는 것처럼 보였다. 저 위 한쪽 구석은 새까맣고 네모난 철판으로 가려 놓았다. 우리 바닥은 돌이었는데 뭐가 튀었는지 지저분하게 얼룩져 있었다. 안드레이가 둘러보니 다른 우리 바닥도 하나같이 달빛 아래 검푸르게 빛나는 돌바닥이었다. 검은 쇠창살이 우리 꼭대기를 줄줄이 가로지르고 있었다. 우리란 우리마다 쇠창살이 지붕처럼 가로막고 있었다. 햇빛과 빗방울과 안개와 눈은 우리 안으로 들어갈 수 있었지만, 그 어떤 동물도 쇠창살을 기어올라 달아날 수는 없었다.

토마스가 창살 사이로 코를 들이밀고 말했다.

"여긴 아무것도 안 사나 봐?"

"아냐."

안드레이는 시커먼 구석에서 뭔가가 웅크리고 둘을 마주 보고 있는 걸 분명하게 느꼈다. 창살에 붙은 이름패를 읽으려고 안드레이는 까치발을 딛고 섰다. 안드레이가 읽지 못하는 단어가 쓰여 있었지만 크게 적힌 한 단어는 알았다. OREL.

안드레이가 동생에게 말해 주었다.

"독수리야."

아이들은 그늘진 구석을 똑바로 바라보았다. 이제는 자기들이 무엇을 찾고 있는지 알았다. 빛나는 발톱과 창처럼 생긴, 바닥에 떨어진 깃털. 하지만 새는 보이지 않았다. 지저분한 바닥만이 그 안에 독수리가 있다는 사실을 알려 줄 뿐이었다. 쇠창살로 튼튼한 새장을 만들어 놓아서 제아무리 독수리라 할지라도 달아날 수 없었다. 안드레이는 빌마를 이 팔에서 저 팔로 바꿔 안았다.

"계속 가 보자."

토마스가 그 옆 우리로 달려가서 창살에 달라붙었다.

"와! 형! 여기 좀 봐!"

MEDVĚD라고 쓰여 있는 이름패를 읽을 것도 없었다. 곰이 갈색 뺨을 돌에 대고 널브러진 몸통 밑으로 발을 구부려넣은 채 우리 안쪽에 엎드려 있었다. 귀는 모양이며 크기가 엎어 놓은 찻잔과 똑같아 보였다. 지붕 한쪽이 장식 철판으로 덮여 있었지만, 이웃한 독수리와 달리 곰한테는 숨을 수 있는 구석이 없었다. 갑자기 달빛이 밤색 털을 파고들었다. 곰이 멍한 눈으로 흘긋 바라보자 아이들의 모습이 그 작은 눈에 비쳤다가 사라졌다. 곰은 으르렁대지도 끙끙대지도 않았다. 곰우리에서는 무덤을 파헤친 것처럼 숨 막힐 듯 썩은 냄새가 났다. 바닥에는 말린 풀 더미가 뭉쳐 있었고, 돌 틈에는 이름 모를 풀이 자라고 있었다. 우리 한가운데에는 먹이나 물을 담는 데 썼을 법한 들통이 엎어져 있었다. 토마스가 문득 말했다.

"슬픈 곰이네."

"그러게."

안드레이도 그 말에 맞장구쳤다.

다음 우리에는 두꺼운 밧줄이 얼기설기 얽혀 있었다. 우리에 살고 있는 동물은 창살을 마구 흔들면서 아이들을 기다리고 있었다. 이름패에는 OPICE라고 쓰여 있었는데, 안드레이는 이 원숭이가 정확히 어떤 종인지 알아볼 수 없었다. 크기는 뼈가 앙상한 고양이만 했고, 번득이는 눈 주위의 맨살만 빼고는 꼭 고양이처럼 몸에 털이 나 있었다. 연한 적갈색 털은 매끄럽진 않아도 가지런했다. 원숭이가 솜씨 좋게 발로 밧줄을 쥐고는 호두처럼 주름진 얼굴을 아이들 쪽으로 돌려 목을 길게 빼고 힘줄이 불거진 팔을 뻗었다. 손은 꼭 인형 손처럼 생겼고 손톱은 빌마의 손톱보다 작았지만, 팔을 보자 왠지 겁이 났다. 토마스는 원숭이의 손이 닿지 않는 곳에 조심스럽게 머물렀다.

"나랑 악수하고 싶다는 걸까?"

토마스가 궁금해했다.

"내 생각엔 먹이를 달라는 것 같아."

"우리가 뭣 좀 줄까?"

"나중에. 계속 가 보자."

원숭이는 아이들이 걸어가자 겁에 질린 아기 같은 얼굴로 줄곧 아이들을 바라보면서 밧줄을 타고 급히 따라왔다. 원숭이 우리와 옆 우리를 갈라놓은 창살까지 와서 쭈그리고 앉더니, 검은 눈을 이글거리며 끽끽 소리를 내고 이빨을 갈았다.

그 옆 우리 앞에 서서 토마스는 "와." 하고 감탄했다. 이름패에는 LEV와 LVICE가 쓰여 있었지만, 우리에는 암사자 한 마리만이 퉁퉁한 발을 서로 포갠 채 꼼짝 않고 엎드려 원숭이가 보채는 소리에 대꾸라도 하듯 꼬리만 휙휙 흔들고 있었다. 레이스 같은 달빛에 비치는 암사자는 공주가 입는 드레스처럼 멋진 백금 빛깔을 띠고 있었다. 암사자는 작은 라임 같은 눈을 뜨고 저를 빤히 쳐다보는 아이들을 보았지만, 무슨 생각을 하는지 전혀 드러내지 않았다. 토마스가 놀랍고 신기하다는 듯 말했다.

"정말 멋져!"

아이들이 멀어져 가도, 암사자는 한번 흔들기 시작하면 멈추기 힘들다는 듯 꼬리만 잇따라 휙휙 흔들었다. 하지만 눈을 감더니 이내 더 이상 움직이지 않았다. 암사자 우리는 더러웠고 고약한 냄새가 났다. 갈색 바퀴벌레가 빈 물통 바닥에서 동그라미를 그리며 돌아다녔다. 안드레이와 토마스 둘 다 그것을 보았지만 아무도 바퀴벌레에 대해 입을 열지 않았다.

그다음 우리에는 바닥에 수조가 있었다. 물에서 썩은 냄새가 올라왔고, 어두운 밤인데도 물이 초록빛으로 보였다. 깊은 곳에서는 물과 한몸처럼 보이는 길고 거뭇한 형체가 헤엄치고 있었다. 수조 한쪽 끝에 다다르면 믿기 어려울 만큼 우아하게 몸을 돌려 미끄러지듯 헤엄쳐 왔던 곳으로 돌아갔다가, 다시 가볍게 돌려 반대편으로 헤엄쳐 갔다. 유선형으로 생긴 물속 생물은 마치 땅에서 달리는 것처럼 잔물결 하나 일으키지 않고 물속을 오락가락 헤엄쳤다. 창살에 붙은 이름패에는 TULEŇ이라고 쓰여 있었지만, 물범보다 더 환상적인 동물로 보였다.

"고개 좀 들어 봐! 얼굴 좀 보게!"

토마스가 외쳤다. 하지만 물범은 변함없이 왔다 갔다 헤엄만 칠 뿐이었다.

바로 다음이 늑대 우리였다. 늑대는 울안 깊숙이 물러나서 코가 거의 돌바닥에 닿을 만큼 몸을 납작하게 낮추고 서 있었다. 암사자 우리와 곰 우리처럼 늑대 우리에도 비바람을 피할 수 있도록 한쪽에 납작하게 누른 철판 지붕을 얹었지만, 늑대가 몸을 감출 수 있는 은신처는 없었다. 더러운 우리에서는 지독한 냄새가 났지만 곰 우리만큼 심하지는 않았다. 늑대는 아이들이 지나가는 것을 지켜보았다. 그러다 안드레이가 이름패를 보기 위해 눈을 들자 늑대도 눈을 치켜떴다. VLK.

원숭이는 여전히 날카롭고 흥분한 소리로 애원하고 있었다. 잿빛 하늘과 얼음같이 차갑고 둥근 달과 우리 너머 유령 같은 마을을 배경으로 듣기에는 불편한 소리였다. 토마스가 물었다.

"뭣 좀 주면 안 될까? 비스킷이라도?"

"원숭이한테 먹이를 주면 다른 동물도 다 줘야 할 거야."

그제야 토마스도 동물을 모두 먹이면 아무것도 남지 않는데다 그나마 가지고 있는 걸로는 저 많은 배를 도저히 채울 수 없다는 것을 깨달았다.

그다음 우리의 이름패에는 KANEC('카네츠'로 발음한다.)라고 쓰여 있었다. 우리에는 단풍나무 그림자가 드리워 있었다. 익숙한 숲 냄새가 났지만, 어둠에 가려 멧돼지는 보이지 않았다. 안드레이는 갑자기 불안해졌다. 마린 삼촌은 멧돼지가 늑대만큼 영리하지만 늑대보다 많이, 더 많이 공격적이라고 말했다. 우리에 갇혀 굶주리고 성난 멧돼지라면 어린아이 둘과 아기한테 정말로 덤빌지도 모른다. 안드레이는 빌마를 더욱 단단히 끌어안고 토마스에게 주의를 주었다.

"너무 가까이 가지 마."

토마스가 창살에서 물러섰다. 아이들은 어둠 속을 살펴보았지만 멧돼지가 보이지 않자 조용히 우리를 떠났다.

그다음 우리 구석에는 작고 까만 알갱이가 어질러져 있었는데, 헛간이나 마구간보다 심한 냄새는 나지 않았다. 토마스는 창살 사이로 코를 들이밀어 보았지만, 저 멀리 벽에 기대어 웅크리고 있는 동물을 알아볼 수 없었다.

"사슴인가? 가젤인가?"

"샤무아(알프스 산양)야."

"샤무아라고?"

토마스는 잔치 때 쇠꼬챙이에 꿰어 구운 샤무아를 본 적은 있다. 토마스가 아는 사람은 모두 샤무아 고기를 먹어 보았다. 토마스도 빨갛게 양념한 샤무아 고기를 한 접시나 잔뜩 먹었다. 샤무아를 동물원에 가두다니 말도 안 된다. 쥐나 참새를 우리에 가두는 거랑 똑같았다. 토마스는 고개를 저으며 성큼성큼 걸어갔다. 쉽게 감탄했던 게 괜히 부아가 났다. 동물원을 돌아보는 일이 거의 끝나 가자, 언젠가 본 사이드 쇼(서커스 등에서 손님을 끌기 위해 따로 보여 주는 작은 공연)에서 그랬듯 깨진 유리와 부러진 의자를 먹는 정신 나간 사람이나 용처럼 무언가 놀라운 것이 마지막 우리에 숨어 있었으면 싶었다.

이름패에 LAMA라고 쓰여 있었다. 라마는 아이들이 우리로 다가서자 비칠거리며 일어서서 긴 속눈썹이 달린 큼지막한 눈으로 마음을 녹일 듯 아이들을 바라보았다. 안드레이는 흰색과 적갈색을 조각조각 이은 것 같은 털을 보자 포장을 씌운 마차에서 잘 때 덮던 담요가 생각났다. 앙상한 머리 위로 털이 더부룩한 귀가 쫑긋 솟아 있었고, 턱 밑 기다란 목에는 털이 텁수룩하니 상냥하고 조금은 어수룩해 보였다.

"얘는 착해!"

토마스는 마음먹고 창살 사이로 팔을 집어넣었다. 라마는 겁을 집어먹고 껑충 뛰더니 토마스와 멀리 떨어진 구석으로 가서 슬픈 눈길로 돌아보았다. 토마스가 아쉬운 듯 팔을 도로 빼냈다.

"그냥 쓰다듬어 주려고 한 건데."

다음 우리가 마지막이었다. 이 우리도 더러운 돌바닥이며, 장식이 화려한 철판 지붕이며, 사방과 천장까지 빙 둘러 친 쇠창살이며, 빗물이 말라붙어 얼룩진 얕은 물그릇이며, 다른 우리와 비슷했다. 안에 있는 동물은 앉은 개와 크기며 모양이 비슷했지만 여러모로 개와 달랐다. 머리는 보석 세공사가 쓰는 망치처럼 앙증맞았지만 튼튼했다. 앞다리는 연약했지만 엉덩이와 뒷다리는 다부졌고 고기 완자처럼 생겼다. 꼬리는 길고 끝이 뾰족했으며 털은 희부연 색이었다.

"이건 무슨 동물이야?"

토마스가 물었다. 처음 보는 동물이었다.

안드레이는 이름패를 소리 내어 혼자 읽어 본 다음 큰 소리로 말했다.

"클로칸(klokan, 캥거루)."

"처음 들어 봐."

토마스가 안을 자세히 보려고 창살에 기댔다. 안드레이도 캥거루에 대해 들어 본 적이 없는데, 마린 삼촌은 알고 있었 을지 궁금했다.

"맘에 들어."

토마스가 말했다. 캥거루가 용은 아니었지만 특이한 게 맘에 들었다. 이미 아닌 줄 알고 있긴 하지만, 캥거루가 정말 불을 내뿜을 수도 있을 것 같았다.

다시 자갈길에 이르자, 동물원 돌아보기는 끝이 났다. 빌 마는 안드레이의 손가락을 빨면서 거의 잠들었다. 졸음이 빌 마를 내리누르자 안고 있기가 버거웠다. 안드레이는 잔디밭 을 가로질러 나무 밑 벤치로 갔다. 토마스가 느릿느릿 따라갔 다. 앉고 나서야 안드레이는 얼마나 발이 아팠는지, 앉으니 얼마나 좋은지 깨달았다. 빌마를 무릎에 잘 눕히고 숄을 느슨 하게 푼 다음 침을 닦아 주었다. 토마스는 안드레이 옆에 멈춰 서서 동물들 우리를 보고, 평화로운 단풍나무 위를 올려다보 고, 건너편 인어 조각상을 바라보았다. 원숭이는 아직도 투정 부리듯 꺅꺅댔지만, 다른 동물들은 희망을 버린 듯 조용히 서 있든지 아무렇게나 엎드려 있었다. 마침내 토마스가 물었다.

"여긴 뭐야, 형?"

안드레이는 토마스를 올려다보았다.

"동물원. 멋진 곳은 아닌 것 같아. 동물이 많지 않거든."

늑대, 독수리, 곰, 샤무아, 보이지 않는 멧돼지까지 여기 있는 동물은 외래종이 아니라 며칠만 걸으면 닿는 산에 사는 야생동물들이었고, 삼촌과 함께 숲 속을 탐험할 때 이따금 눈에 띄던 것이었다. 그때 안드레이가 숲에서 본 들짐승은 재빠르고 매끄럽고 기운이 넘치며 살아 있었다. 하지만 우리에 갇힌 이 동물들은 그렇지 않았다.

"누군가 돈이 얼마나 많은지 자랑하고 싶어서 만들었나 봐. 아니면 동물을 좋아했거나, 동물을 가둬 두고 싶었거나. 그것도 아니라면 마을 사람들이 방문객에게 보여 주려고 만들었는지도 모르지. 나도 모르겠네."

"그런 거 말고."

토마스가 아래턱이 작은 얼굴을 찡그리면서 말을 분명하게 하려고 애썼다.

"왜 이런 거냐고."

토마스가 하고 싶던 말은 많은 건물이 무너졌는데 동물원은 왜 아직도 멀쩡하게 서 있느냐 하는 것이었다. 가게와 마차와 나무와 길과 밭과 온 도시와 끝없는 언덕은 사라졌는데, 왜 이 아담하고 낯선 곳은 부서진 데 하나 없이 그대로 서 있는 것일까? 토마스는 도무지 알 수 없어서 어깨를 축 늘어뜨렸다. 요즘 토마스는 세상을 이해하려고 온 힘을 다해 씨름해 왔다. 안드레이는 솔직하게 대답했다.

"왜 그런지 나도 모르겠어."

하지만 이유야 어찌 됐든 그것은 군인이 이곳에 와서 잔디밭을 짓밟은 적도 없고, 담뱃재를 떤 적도 없으며, 군모 챙 아래로 살피거나 안드레이와 토마스가 보고 있는 것을 본 적도 없다는 뜻이었다. 안드레이는 갑자기 언젠가 아빠를 따라 유리 공장에 가서 본, 불길이 무섭게 타오르던 화로가 떠올랐다. 직공이 불꽃에 파랗게 녹인 유리 덩어리는 안드레이가 본 것들 가운데 가장 아름다웠다. 저도 모르게 "만져 보고 싶다." 라고 말하고 나니 스스로가 당황스러웠다. 아빠는 따뜻한 웃음을 기분 좋게 터뜨렸다. 그 일을 생각하자 안드레이는 갑자기 가슴이 저려 왔다.

빌마 목에서 까르륵 소리가 났다. 빌마는 가끔 이렇게 옹알이를 했다. 안드레이는 빌마를 흘깃 바라보았다. 먹이를 달라고 시끄럽게 깍깍대던 원숭이 소리가 그치니 빌마의 옹알이 소리가 들린 거였다. 고개를 들어 보니 원숭이는 여전히 창살에 매달려 있었지만, 더 이상 저희를 보고 있지 않았다. 조용히 하늘만 올려다보고 있었다.

불안감이 차가운 냇물처럼 흘러 안드레이를 휘감았다. 돌아보니 다른 동물들도 똑같이 하늘을 올려다보고 있었다. 늘

대, 암사자, 캥거루 모두 밤하늘을 향해 코를 치켜들었다. 늑대는 귀가 뒤로 젖혀져서 양 끝이 서로 닿을락 말락 했다. 라마는 서서 부르르 떨며 한 발을 쿵쿵 굴렀다. 샤무아는 어둠 속에서 나와 우리 한가운데에 선 채 부드러운 털가죽을 씰룩거리면서 금방이라도 싸울 듯이 뿔을 낮췄다. 마린 삼촌은 늘 동물이 사람보다 훨씬 더 잘 듣고 잘 보고 잘 감지할 수 있다고 말했다.

"토마스."

안드레이는 나직이 동생을 부르고는 더 이상 무슨 말을 해야 할지 몰랐다. 어쨌든 말할 틈도 없었다.

어디선가, 어쩌면 둥근 접시 같은 달 뒤에서나 별 속에서 불쑥 비행기 몇 대가 나타났다. 연회색 하늘을 등지고 나타난 비행기들은 삼인조 장의사처럼 시커멓고 무뚝뚝했다. 비행기가 동물원 위를 날아갈 때는 엔진에서 나오는 힘이 안드레이의 뼛속까지 파고드는 것 같았고, 병에 든 거품처럼 피가 부글부글 끓는 것 같았다. 비행기 몇 대가 일정한 속도로 가볍지만 힘차게 쌕쌕 엔진 소리를 내면서, 날개 끝이 거의 닿을락 말락 나란히 날아갔다. 비행기가 머리 위로 날아가자, 갑자기 큰 칼을 휘둘렀을 때처럼 공기가 압축되었다가 세차게 솟구치는 것 같았다. 단풍나무에서 잎이 떨어져 곡예사가 돌리는 접시처럼 빙빙 돌았다.

우리에서 울부짖는 소리가 터져 나왔다. 독수리가 구석에서 대포알처럼 튀어나와 폭발하듯 창살에 세게 부딪쳤다.

안드레이는 여동생을 와락 껴안고 눈을 질끈 감았다.

폭탄이 떨어지기 바로 직전, 대기는 얼어붙을 대로 얼어붙었다.

4. 목소리

안드레이의 귀에 엄마 말소리가 들렸다.

"눈을 뜨렴. 아가야, 눈을 떠."

안드레이는 엄마 말대로 하고 싶었다. 엄마 목소리를 다시 들어서 아주 기뻤고, 엄마가 되돌아온 듯 마음이 놓였다. 하지만 눈이 말을 듣지 않았다.

"엄마."

안드레이는 온몸이 굳는 듯한 슬픔을 느꼈다. 눈을 뜨지 않으면 엄마가 다시 떠날 것이다. 떠나고 싶어서 떠나는 것이 아니라, 안드레이가 다가오는 위험을 보지 못해 엄마를 지키지 못할 터이므로 떠나는 것이다.

"눈을 떠야지!"

엄마가 씩씩하게 말하자, 안드레이는 눈을 뜰 수 없어서 울기 시작했다.

"얘야!"

안드레이는 목소리를 들었다. 하지만 낯선 목소리였다. 그것은 아빠 목소리도 아니고, 마린 삼촌 목소리도 아니고, 토마스나 제 목소리도 아니었다. 또 다른 누군가가 가까이 있었다. 그렇다면 군인밖에 없다. 안드레이가 여기 숨어 있는 것을 아는 군인, 이 짙은 어둠에 가려 보이지 않는 군인. 안드레이는 숨도 못 쉬고 살려 달라고 소리도 못 지른 채 가만히 앉아 있었다.

오랫동안 정적이 감돌았다. 잠보다 깊은 무의식 상태에 있었다.

다시 생각이 떠올랐을 때는 우물 바닥에 서 있는 것 같았다. 차갑고 지저분한 우물 구덩이로 물이 뚝뚝 떨어지고 있었지만, 안드레이는 사실 우물이 따뜻하고 깨끗하다고 느꼈다. 햇살처럼 따뜻한 기운이 밀려와 안드레이를 부드럽게 감쌌다. 이렇게 몸이 건강하다고 느낀 적이 한 번도 없었다. 하지만 어둠 때문에, 정말로 깊은 우물에 서 있다고, 건강한 몸은 곧 건강을 잃고 결국에는 외롭고 축축한 우물 무덤에서 시들어 갈 운명이라고 믿게 되었다.

"엄마."

안드레이는 간절히 엄마를 잡으려고 속삭였지만, 엄마는 사라져 버렸다.

"얘야!"

낯선 목소리가 다시 들려왔다. 이번에는 조바심으로 날이 선 목소리였다.

"망아지야? 새끼 사슴이야?"

다른 목소리가 들렸다.

"아이들이야."

엄마 비슷한 목소리가 들렸다. 하지만 엄마 목소리는 아니었다. 엄마가 "눈을 뜨렴." 하고 말하는 일은 다시 있을 수 없다는 걸 안드레이는 알고 있었기 때문이다.

우물 벽은 돌이 아니라 어둠으로 되어 있을 뿐이었고, 그 어둠 너머로 흐릿한 빛이 보였다. 안드레이는 한숨을 내쉬었다. 눈꺼풀이 떨리다가 눈이 뜨였다.

재가 희부옇게 사방에 날렸고, 바짝 마른 색종이 조각 같은 먼지가 땅에서 일어 손이 닿을 수 없는 곳까지 맴돌았다. 안드레이가 가볍게 손을 털자 먼지는 유령처럼 빙빙 소용돌이쳤다. 장막 같은 뿌연 재 사이로 밤하늘이 보였고, 여태 본 단풍나무 가지가 눈에 들어왔다. 안드레이는 초록 벤치에 앉아 있었고, 발밑엔 잔디가 있었다. 연기가 걷히면서 높다란 쇠창살 우리와 그 안에 있는 동물들이 보였다. 달은 안드레이가 아까 보았을 때처럼 낮고 둥글게 떠서 빛나고 있었다. 우물 바닥에 한없이 서 있었던 것 같은데, 시간은 거의 흐르지 않은 듯했다. 토마스는 여전히 옆에 서서 살랑살랑 몸을 흔들고 있었다.

"형, 무슨 일이야?"

"비행기가 폭탄을 떨어뜨렸어."

안드레이는 우물에 목소리를 빠뜨리고 온 줄만 알았는데, 재로 얼룩진 입에서 말이 나오는 바람에 깜짝 놀랐다.

토마스는 몸을 흔들면서 형이 한 말을 곰곰이 생각했다.

"왜 폭탄을 떨어뜨린 거야?"

안드레이는 모르겠다는 뜻으로 고개를 가로저었다. 토마스가 잠시 입술을 깨물더니 손목으로 눈가를 문질렀다. 떠다니는 재 때문에 숨쉬기가 힘든지 콜록거렸다.

"형?"

"응? 왜?"

"엄마 목소리 들었어."

안드레이는 정신이 아득했다. 여러 가지 생각과 색깔이 마음속에서 빙빙 소용돌이쳤다. 말은 하는데 머릿속에서 말소리가 이상하게 들렸다. 마치 커다란 빈 상자에서 단어를 하나씩 골라내는 것 같았다.

"나도 들었어. 엄마 목소리가 들렸어."

"⋯⋯엄마가 여기 있는 거야?"

"아니."

여기는 동물원이다. 안드레이가 엄마를 마지막으로 본 장소는 언덕이었고, 엄마가 마지막으로 한 말은 뛰어였다.

"엄마가 여기 있을 리 없잖아."

"에이."

토마스가 입을 삐죽 내밀었다.

"엄만 줄 알았는데. 엄마가 눈을 떠 하고 말하는 소리를 들은 것 같은데."

토마스가 손바닥으로 얼굴을 쓸어내리더니 갑자기 눈물을 글썽거렸다.

"엄마랑 아빠가 보고 싶어."

슬픔에 잠긴 토마스의 목소리는 아주 작았다.

"알아. 알고 있어."

안드레이가 말했다.

토마스는 마른침을 삼켰다.

"형은 안 보고 싶어?"

"보고 싶지."

안드레이가 한숨을 쉬었다. 안드레이도 엄마 아빠가 보고 싶었다. 하지만 엄마 아빠는 이곳에 없고, 보고 싶다고 오게 할 수도 없다. 뭔가 바라는 것은 늘 어리석게 보였다. 안드레이는 엄마 아빠 생각을 떨쳐 내며, 토마스가 눈물을 뚝뚝 흘리는 모습을 지켜보았다. 토마스가 기분이 풀려 울음을 그치면 좋겠지만, 안드레이는 무엇보다 잠을 자고 싶은 마음이 간절했다. 예전처럼 가족 마차에서 쿠션과 누비이불 깊숙이 몸을 파묻고 자면 좋겠지만, 그게 안 되면 이 딱딱하고 낡은 벤치에서라도 자고 싶었다. 그럴 수 있을 것 같았다. 토마스가 손바닥으로 얼굴을 가린 채 작은 소리로 훌쩍였다. 조금 뒤, 안드레이는 토마스가 마치 후추를 듬뿍 뿌린 양갈비처럼 머리부터 발끝까지 온통 재를 뒤집어쓴 통에 더 더러워진 모습을 보았다. 양갈비라니! 안드레이가 그 생각에 빙그레 웃자 토마스가 눈물 젖은 눈으로 쏘아보았다.

"뭐가 웃겨?"

"너. 먼지 썼잖아."

"알 게 뭐야! 어쩔 수 없었잖아!"

토마스가 골을 내며 먼지를 탁탁 털어 냈다.

"형도 먼지투성이야. 형은 이 세상에서 제일 지저분한 사람……."

"얘들아!"

엄마 소리 같지만 엄마 것이 아닌 소리가 끼어들자, 아이들은 입을 다물고 순순히 주위를 둘러보았다. 암사자가 우리 창살 쪽에 서 있었다.

"아기. 아기도 봐야지."

암사자가 말했다.

안드레이는 암사자를 쳐다보았다. 토마스도 암사자를 쳐다보았다. 곧이어 너무 놀랍고 무서워서 꺅 소리를 내질렀다. 그 소리는 담담히 떠다니는 먼지 사이로 사라졌다. 안드레이는 무엇을 해야 할지 몰라 무릎을 내려다보았다. 빌마는 숄에 단단히 싸여 무릎에 누워 있었다. 빌마가 입술을 빨면서 동그란 눈으로 안드레이를 올려다보았다. 안드레이는 빌마의 얼굴에서 검댕을 떨어낸 뒤 코를 팽 풀어 주었다. 빌마는 코 푸는 걸 싫어할 만큼 힘이 넘쳤다. 안드레이는 몹시 낯선 기분으로 암사자를 보며 말했다.

"아기는 괜찮아. 고마워."

고양잇과 동물이 말했다.

"나한테 데려와 봐. 내 눈으로 보고 싶으니."

"나라면 그렇게 안 한다, 꼬마야! 사자가 동생을 저녁밥으로 먹는 걸 보고 싶지 않다면 말이지!"

잔디밭 건너편에서는 비꼬는 듯한 염소 웃음소리가 들려왔다.

"입 다물어, 염소!"

암사자가 슬쩍 이빨을 드러내며 말했다.

샤무아가 앞으로 튀어나왔다.

"난 염소가 아니거든!"

"둘 다, 쉿! 우르릉이들이 들으면 어쩌려고……."

라마가 킁킁대며 말했다.

"나한테 염소랬어! 그건 실례라고!"

"염소한테 실례겠지."

암사자가 말하자, 원숭이가 키득거렸다.

"제발 목소리 좀 낮추라니까!"

라마가 큰 눈을 동그랗게 뜨고 하늘을 살펴보며 애원하듯 말했다.

형제는 깜짝 놀라 이 동물을 보았다가 다시 저 동물을 보았다. 심장이 물수제비를 뜨는 돌처럼 통통 뛰었다. 안드레이는 마린 삼촌이 했던 말이 생각났다. 동물은 네가 상상도 할 수 없는 것을 알고 있어. 비밀을 간직할 줄도 알고. 동물이 말을 한다는 사실은 저희끼리만 알면서 사람에게는 비밀로 간직하는 것 가운데 하나가 틀림없었다. 호들갑을 떠는 게 실례겠지만 안드레이는 어쩔 수 없었다.

"말을 하잖아!"

"그래서 뭐? 우린 말하면 안 돼? 우리한텐 얘깃거리가 없을 거라 생각해?"

샤무아가 말했다.

"사람들은 늘 떠들지. 입을 다물고 있지 못해. 샌드위치 더 없어? 만지지 마, 세균투성이니까 하고. 부탁하는 게 아니라, 시키는 거야 하고. 우리라고 말하지 말란 법 있어?"

라마도 말했다.

"그게…… 그러니까…… 동물이 말하는 것을 들어 본 적이 없어서……."

"그러니까 네가 들어 본 것만 있을 수 있다는 거니? 그런 거야, 꼬맹이?"

"아냐! 그냥…… 말할 수 있다는 것을 몰랐을 뿐이야."

안드레이는 차라리 말하지 말 걸 하고 후회했다.

"사람들은 자기들이 모르는 게 많다는 것을 알아야 해."

샤무아가 매섭게 말했다.

안드레이는 아무 말도 못 했다. 요즘 들어 세상은 안드레이가 생각했던 것과 달리 온통 뒤죽박죽이라고 스스로 드러내 보여 주고 있었다. 하지만 토마스는 이런 변화에 넋을 빼앗겼다. 그래서 동물원 동물들이 말하는 걸 받아들이고도 남았다. 아무 할 일 없이 우리에 갇혀 있는데, 관람객이 하는 말을 배우지 않고 뭘 했겠는가? 그러고도 남았다. 이런 생각이 들자 토마스는 짜릿한 흥분으로 가득 차서 세상에 대한 사랑이 새록새록 넘쳐 났다. 토마스가 라마에게 말했다.

"우린 우르릉이라고 안 해. 비행기라고 해."

"나도 알아. 하지만 난 우르릉이라고 해. 너도 그렇게 해야 해. 그게 더 잘 어울리거든."

라마가 코를 토마스 쪽으로 돌리고 당당하게 내려다보며

말했다.

"그러네! 우르릉이."

토마스가 기꺼이 따라 했다.

암사자는 창살 안쪽에서 황금빛을 내며 미끄러지듯 앞뒤로 오락가락 서성였다. 하지만 눈길은 빌마에게 똑바로 박혀 있었다. 암사자가 고집스레 말했다.

"아기 좀 보여 줘."

토마스는 그러자는 눈길로 형을 바라보았다. 안드레이는 동물들의 눈길이 잔디밭을 가로질러 자기에게 쏠리는 것을 느꼈다. 말도 안 되는 억지라고 생각하며 잠시 망설이다가 숄을 여민 다음 암사자가 볼 수 있도록 여동생을 높이 들었다. 암사자가 라임 같은 눈을 크게 뜨고 오랫동안 아기를 바라보다가 갑자기 휙 돌아서더니 바닥에 털썩 주저앉았다. 토마스가 살짝 웃음을 띠며 형을 바라다보았다. 다른 때 이렇게 웃었으면 형이 손바닥으로 머리를 툭 쳤을 것이다. 그러다가 재가 목에 걸리는 바람에 갑작스럽게 기침이 나왔다. 토마스가 껵껵거리며 말했다.

"목말라."

"우리한테 물 달라는 소리는 마. 한 방울도 없으니."

샤무아가 한마디 했다.

"보온병에도 물이 없는데. 마을에 가서 펌프를 찾……"

안드레이는 마을에서 보온병에 물을 채울 생각이었다.

"안 돼! 밖으로 나가면 안 돼, 형! 위험해! 나 이젠 목 안 말라."

토마스는 들뜬 기분이 순식간에 가라앉았다.

하지만 안드레이는 궁금했다. 빌마를 벤치에 눕혀 놓고 조심스럽게 일어섰다. 잔디밭을 가로질러 가는 동안 옷에서 재가 폭포처럼 쏟아지더니 소용돌이처럼 빙글빙글 돌며 떨어졌다. 안드레이는 바로 뒤에서 투덜거리며 따라오는 토마스와 함께 잘가닥거리는 자갈길이 끝나는 곳까지 걸어갔다.

말을 탄 밤은 아이들이 보는 것을 저도 같이 보려고 등불을 더 환히 밝혔다.

달빛이 잿더미가 된 마을을 부드럽게 덮어 주었다. 동물원 표지판이 매달려 있는, 길게 늘어선 쇠울짱은 썩은 이처럼 부러지고 휘어 있었다. 자갈길엔 군데군데 구덩이가 파였고, 여기저기엔 흙무더기가 쌓여 있었다. 남아 있던 종탑과 건물도 모조리 폭격으로 무너졌다. 무너진 나무 기둥에 불꽃이 탐욕스럽게 달려들어 전보다 더 활활 타오르고 있었다. 반딧불이가 돌 틈이나 부서진 가구 틈에 쳐 놓은 무시무시한 거미줄에 걸린 채 빛을 내는 것처럼, 깨진 유리가 사방 길바닥에서 반짝였다. 종이와 옷이 폐허 사이에 흩어져 있었고, 찢어진 베개에서 나온 깃털이 눈보라처럼 휘날렸다. 하늘에는 입을 벌릴 수 없을 만큼 연기와 먼지가 자욱했고, 폐허에서는 앓는 소리가 시끄럽게 울렸다. 안드레이는 위험하다는 걸 알아차렸다. 모든 것이 쓰러져 마지막 안식처에 이른 것은 아니었다. 안드레이에게 무슨 일이 생기면, 그러니까 걸어가다가 미끄러운 유리판이나 불꽃이 튀는 전선이나 창처럼 땅 위로 불쑥 솟은 파이프에 걸려 넘어진다면, 토마스와 빌마만 남게 될 것이다. 토마스는 안드레이가 자기들만 남기고 떠나는 일이 없기를 바라면서 형의 옷소매를 꼭 잡고 힘주어 말했다.

"나 목 안 말라."

달빛이 환하게 비추었지만 안드레이가 서 있는 곳에서는 펌프가 보이지 않았다. 펌프를 찾아 사방을 헤매야 할지도 모를 일이었다. 동틀 때까지 기다리는 게 더 안전하고 더 나았을 터였다. 토마스는 형을 따라 동물원으로 돌아가면서 어지러운 마음을 없애려고 재잘거렸다.

"왜 폭탄을 떨어뜨린 거야? 마을은 이미 꽤 무너졌잖아?"

"더 이상 폭탄을 갖고 다니기 싫었나 봐. 폭탄이 무겁다 보니 잘못 떨어뜨렸든지."

안드레이가 어깨를 으쓱했다.

"그 때문이 아니다, 집시."

늑대가 처음으로 입을 열었다. 형제는 믿을 수 없다는 듯 멈춰 섰다. 늑대 때문에 놀랐던 게 다시 생각났다. 이제 말까지 하는 걸 보니, 늑대가 더 무시무시하게 느껴졌다. 저런 동물은 무슨 말을 할지 알 수 없었다. 늑대는 아이들이 집시라는 것을 알고 있었고, 어쩌면 아이들에 대해서 더 많은 걸 알고 있을지도 몰랐다.

하지만 안드레이는 다시 용기를 내어 늑대가 우리에 갇혀 있다는 것을 떠올렸다. 안드레이가 늑대의 눈을 들여다보며 물었다.

"그럼 뭣 때문이야?"

늑대는 비웃듯이 큰 소리로 콧방귀를 뀌더니 궁둥이를 깔고 앉았다.

"무슨 일에나 똑같은 이유가 있는 법이지. 내 마음대로 하겠다."

늑대가 대답했다.

5. 이유

"우리는 아무도 너희가 왜 전쟁을 일으켰는지 모른다. 너희끼리 옥신각신하든 말든 우리가 상관할 건 아니니까. 한 늑대 무리가 다른 늑대 무리와 싸우는 건 주로 영역 때문이다. 너희가 싸우는 이유도 영역 때문일지 모르지. 하지만 누가 알겠나? 사람은 늑대가 아닌데."

늑대가 말했다.

"내가 늑대라면 좋을 텐데."

토마스가 말했다.

늑대는 토마스를 불쾌하다는 듯 바라보더니 말을 이었다.

"우리는 너희 전쟁이 바로 이 마을뿐 아니라 어디서나 벌어지고 있다는 걸 안다. 우리는 들을 수 있고, 냄새도 맡을 수 있으니까. 새들이 날아와 단풍나무 가지에 앉아서 어디를 가나 전쟁터고, 또 전투가 끝난 다음엔 뭐가 남는지 다 말해 준다. 트럭과 막사, 이쪽 지평선에서 저쪽 지평선까지 줄지어 걷는 사람들에 대해 말해 준다. 탱크와 어뢰, 하늘에서 낙하산을 펼치고 뛰어내리는 사람들에 대해 들려준다. 수류탄이 어떻게 떨어지고 잠수함이 어떻게 솟아오르는지, 철조망 뒤로 보이는 사람들이 진흙과 눈밭에 어떻게 쓰러지는지 말해 준다. 우리는 여기 갇혀 많은 걸 볼 수는 없지만, 그런 일이 일어난다는 건 알 수 있지."

"우리는 우리 말고는 아무것도 안 보이잖아."

곰이 큰 목소리로 우울하게 말했다.

"지금 투덜거리는 거냐? 너는 적어도 멍청한 침팬지와 울상을 하루 종일 안 봐도 되잖아!"

샤무아가 꽥꽥 소리를 질렀다.

암사자는 아무런 대꾸도 하지 않았지만, 원숭이는 우리를 내달리고 창살을 두드리면서 거친 욕을 퍼부었다. 샤무아는 비웃듯이 낄낄거렸고, 원숭이는 밀림에 있는 것처럼 입을 쫙 벌리고 날카롭게 소리를 지르며 성이 나서 길길이 날뛰었다. 늑대는 무덤덤한 눈길로 샤무아와 원숭이를 보면서 원숭이가 제풀에 지쳐 쓰러질 때까지 기다린 다음 다시 아이들을 보았다.

"새들 말로는 우리 마을이 다른 마을과는 영 딴판이란다. 새들이 볼 때 가장 끔찍한 마을이라는 거지. 하지만 침략군은 아직 멀었다고 여긴 게 분명하다. 더 많은 비행기가 날아와 폭탄을 떨어뜨리는 걸 보면 말이다. 아무것도 남아 있지 않아야, 땅에 구덩이 하나 없어야 성에 차겠지. 땅도 없고 공기도 없고 하늘도 없고 빛도 없고……."

"동물원도 없고."

라마가 끼어들었다.

"동물원도 없고."

늑대가 맞장구쳤다.

"왜 마을을 끔찍하게 만들려고 해? 마을이 뭘 했는데?"

토마스가 물었다.

"맞섰거든."

샤무아가 잘난 체하며 말했다.

"침략군한테 맞섰다고?"

토마스는 침략군이란 말에 빈터에서 보냈던 그날이 떠올랐다. 아빠가 들려준, 성난 검은 숲이 살아나는 이야기가 떠올랐다. 토마스가 말했다.

"용감하다."

늑대는 하얀 배를 깔고 엎드려서 발을 쭉 폈다.

"마을 사람들이 다 같이 맞서 싸운 건 아니고, 그 가운데 몇 사람만 그랬다. 하지만 용감해서 그런 건 아니었다. 해야만 했던 일이지. 아무것도 하지 않고 그냥 있을 수만은 없었던 거다. 이 땅은 그 사람들의 집이고 영토였으니까. 사람들은 땅을 위해 싸워야만 했다. 그렇게 많은 우리 늑대 영토를 차지하고, 우리 나무를 베어 내고, 우리 땅에 덫을 놓고, 우리 굴을 무너뜨리고, 우리를 뒤쫓았던 것은 하나도 신경 쓰지 않고……"

"그만해! 그런 이야기라면 그만둬."

곰이 커다란 머리를 돌리며 앓는 소리를 냈다.

늑대는 신경 쓰지 않고 말을 이었다.

"사람들은 곰한테도 똑같은 짓을 했지. 어쨌든 이 마을 사람들은 비밀 모임을 만들어서 복수하기로 했다. 결국에는 이길 수 없다는 것을 알게 되었지만. 침략군은 막강했고, 무기는 무시무시했고, 군인은 셀 수 없이 많았던 거지. 새들 말로는 침략군이 나무 사이로 뻗어 가는 덩굴처럼 이 땅으로, 아니, 그보다 더 멀리까지 뻗고 있더란다. 그 끝이 보이지 않을 정도라지? 그야말로 대서양에서 태평양으로 사방팔방 뻗어 나가 바다 위에서도 살그머니 떠다녔단다. 하지만 이 마을 저항 세력은 고향을 빼앗길 때 빼앗기더라도 쉽게 내주지는 않겠다고 맹세했다. 다른 마을 사람들도 곡식을 태우고, 물을 썩게 하고, 길에 방어벽을 치고, 장작을 없애 버리면서 침략군과 맞서 싸운다는 걸 알고 있었으니까. 하지만 그런 파괴 행위는 여우에게 벼룩이 있을 거라고 으레 넘겨짚듯, 침략군이 미리 꿰뚫어 볼 수 있는 것이다. 침략군 눈에 그쯤은 애들 장난으로 보였지. 저항 세력은 그런 벼룩이 되고 싶지 않았다. 말벌 떼가 되고 싶었지. 비록 고향 땅을 지키지 못하더라도 영토를 다 뺏기기 전에 침략군이 이 땅에 발 디딘 걸 후회하게 만들겠다고 맹세한 거다."

안드레이와 토마스는 재가 뽀얗게 덮인 잔디밭에 앉아 있었고, 숄에 싸 벤치에 누인 빌마는 아무 소리도 내지 않았다. 짧은 여름밤은 한밤중으로 치달았지만, 크림빛 달은 여전히 동물원을 비춰 주었다. 동그라미를 그리며 서 있는 동물 우리는 근엄하고 섬세하며 거룩한 예배당처럼 보였다. 암사자가 꼬리를 조용히 이리저리 흔들고 여전히 재가 날리는 가운데 그것 말고는 움직이는 것이 아무것도 없는 것 같았다.

"이 마을 뒤 언덕 사이로는 철길이 나 있다."

늑대가 계속해서 말했다.

"여기까지 바퀴 소리와 기적 소리가 들린다. 철길은 침략군한테 중요하다. 원하는 곳은 어디든지 갈 수 있으니까. 어디든지 말이다. 마을, 언덕, 바닷가. 침략군도 결국은 사람이고, 사람은 가져도 가져도 늘 굶주려 하니까. 철길을 달리는 기차도 똑같이 침략군한테 중요하다. 기차로, 힘과 투지와 침략에 필요한 온갖 물자를 빠르게, 그리고 어마어마하게 실어 나를 수 있으니까 말이다."

안드레이는 이런 군사 정보를 동물원에 갇힌 동물에게 말해 주는 기러기와 찌르레기를 떠올려 보았다. 예전에 새장에 갇힌 앵무새 한 마리가 안드레이에게 안녕이라고 말하더니 스스로를 예쁜 새라고 부르는 걸 들은 적이 있다. 그때 그 새가 생각을 하고 말하는 건지 궁금했다.

늑대는 계속 말했다.

"레지스탕스 전사들은 기차를 세우기만 하면 침략군이 절름발이가 되어 공격을 중단할 거라고 생각했다. 아주 멈추는 것은 아니겠지만. 침략군은 흐르고 또 흐르는 시냇물과 같으니, 흐르는 물에 돌을 던지면 물살을 가를 수는 있지만 멈출 수는 없잖나. 하지만 기차를 세우는 것만으로도 침략군한테는 작은 고추가 맵다는 본때를 보여 주는 일이었다."

언제나 약자 편에 서는 토마스는 주먹을 부르쥐었다. 늑대가 몸을 앞으로 숙여 코를 창살 쪽에 댔다. 귀는 납작 누웠고, 비죽거리는 검은 입 안쪽으로 번쩍이는 이빨이 보였다.

"레지스탕스 전사들은 죽음이라는 고통도 이겨 내기로 맹세했다. 다른 사람들 모르게 계획을 세울 수 있는 비밀 장소에서 만나기로 약속했지. 그 사람들은 밤마다 거기에 모였고 마침내 계획을 세웠다. 그리고 비밀을 지키기 위해 암호와 신호도 만들었다. 비밀은 목숨과 같았다. 다른 사람 때문에 계획이 틀어져도 안 되고 들통 나도 안 되니까. 그렇게 계획을 행동으로 옮길 밤이 올 때까지 비밀은 지켜졌고, 마을 사람들은 무슨 일이 일어날 거라고는 꿈에도 생각지 못했다. 하지만 레지스탕스 전사들만이 무슨 일이 언제 어떻게 일어날지 아는 건 아니었다. 우리도 알고 있었다."

"우리가 어떻게 알았는지 짐작이 가니? 어떻게 알았는지 맞혀 봐."

라마가 물었다.

"새!"

토마스가 보란 듯이 불쑥 소리를 질렀다.

늑대는 목을 곧추세웠고, 샤무아는 큰 소리로 비웃었다.

"쟤가 새래! 말도 안 돼!"

라마가 말했다.

"새는 밤에 무슨 일이 일어나는지 몰라. 물론 올빼미는 알긴 하지만 수다를 안 떨어. 그저 제 일에만 신경 쓰거든, 올빼미는. 크고 무서운 눈으로 너희를 바라보긴 해도 무얼 하는지 그건 신경 안 쓴단……."

"새 때문이 아니었다. 알리체 때문이었지."

늑대가 끼어들었다.

"알리체." 하고 캥거루가 속삭이자, 잡풀이 우거진 들판을 가르는 가을 나뭇잎처럼 알리체라는 말이 동물원 주위로 흩날렸다. 동물들이 저마다 머릿속으로 알리체, 알리체, 알리

체, 알리체 하고 경건하게 되풀이하기라도 하는 양 뛰어넘고 퍼덕거리고 미끄러졌다. 동물원은 정말로 생각이 들리는 성스러운 곳이 되어 버렸다.

6. 전사

봄날 구름과 벌레와 나비에 둘러싸인 정원에서 예기치 않게 아기가 태어났다. 엄마는 아기를 품에 안아 보지도 못한 채 세상을 떠났다. 그 뒤 몇 주에 걸쳐 많은 사람들이 손을 내밀었다. 큰 슬픔에 빠진 아버지의 품에서 어리둥절해하는 아기를 차례로 데려다가 돌보려고 했다. 그렇게 마을 사람들은 기쁨인 동시에 아름다움을 더해 주던 젊은 여인의 죽음을 가엾게 여겼다. 누구나 홀아비가 된 남자의 짐을 기꺼이 덜어주려고 애썼다. 그 집안은 수백 년 동안 대대로 이 작은 마을에서 살아왔다. 아버지는 마을 사람들의 도움을 받아들여 사람들이 문 앞에 놓고 가는 음식을 고맙게 받았다. 그러나 사람들이 걱정스럽게 말해 주어도 아버지는 갓난아기를 꼭 품고 보모에게 맡기려 들지 않았다. 아기는 아내가 남기고 간 전부였기에 아내의 분신 같은 아기와 결코 떨어질 수 없었다.

더 중요한 것은, 아버지가 슬픈 운명에 휘둘리는 사람이 아니라는 것이었다. 아버지는 평생을 동물 관찰에 바치며 동물에게 품위 있게 사는 법을 배워 온 사람이었다. 동물은 죽음이 너무 일찍, 너무 잔인하게 온 것처럼 보여도 때가 되면 죽음을 품위 있게 받아들였다. 죽음을 받아들인다는 것은 앞으로 남은 생명을 소중히 여긴다는 뜻이었다. 딸아이는 한 줌의 어린 생명이었고, 아버지는 딸아이를 늘 옆에 끼고 살면서 죽음 또한 삶이라는 말을 되새겼다.

아버지는 아기에게 알리체라는 이름을 지어 주었다.

알리체는 엄마 없이 자랐지만 그걸 거의 깨닫지 못했다. 백 명이나 되는 마을 어머니들 덕분이었다. 아낙네들은 알리체가 아기일 때는 유모차를 밀어 주었고, 걸음마를 배울 때는 까진 무릎에 뽀뽀를 해 주었으며, 학교에 갈 나이가 되었을 때는 바느질을 해 주었다. 알리체는 마을 아이들 중에서도 친구가 많은 아이였다. 용감하고 재치가 넘쳤으며 수다스러운데다 아이들이 거의 우러러볼 만큼 장난기가 넘쳤기 때문이다. 아버지는 알리체가 마음껏 뛰놀도록 내버려 두었고, 그건 진심이었다. 아버지는 알리체가 잃을 만큼 잃었기 때문에 자유마저 잃어서는 안 된다고 생각한 것이다. 알리체는 가끔 악동 짓으로 벌을 받았지만 아이들이 다 그렇듯이 매를 맞는 게 멋진 모험에 따르는 당연한 결과인 양 자랑스러워했다. 학교에서는 똑똑한 학생이라 선생님의 귀여움을 받는가 하면, 게으른 학생이라 선생님의 불만을 사기도 했다. 마을에 모르는 개와 고양이가 없는 데다 모르는 가게 주인도 없어서 때론 알리체가 계산대에 기대어 서서 이런저런 생각으로 가게 주인을 즐겁게 해 주는 모습을 볼 수 있었다. 알리체는 마을 골목길과 굽은 길을, 지름길과 마을을 가로지르는 경치 좋은 길을, 전망 좋은 지붕과 뾰족탑을 속속들이 알았다. 마을을 둘러싼 농장 어디에 누가 살고 어떤 작물을 키우는지 다 알았다. 그 농장 건너에 돌투성이 땅이 있다는 것도 알았다. 자전거를 타고 큰길로 나가 요리조리 언덕을 지나는 철길을 따라 멀리까지 하룻길을 달려 세상에서 볼 수 있는 건 모두 보고 다녔다. 알리체는 언젠가 자전거로 하룻길을 더 달리다 보면 그 너머에 무엇이 있는지 알게 될 때가 올 거라고 생각했다. 이 나라에는 다른 마을이 있고, 국경 너머에는 다른 나라가 있고, 또 그 너머에는 바다가 있었다. 세상은 알리체의 것이었고 알리체를 기다리고 있었다. 하지만 이 작은 마을에서는 모두 알리체를 자기 딸이라고 여겼기 때문에, 알리체는 아버지와 마을의 딸이었다. 그런 보살핌을 받으며 알리체는 빠르게 커 갔다.

어느새 엄마처럼 키가 크고 아름다워졌으며 아버지처럼 손톱을 물어뜯어 지저분하게 만드는 버릇이 생긴 알리체가 한가로이 걸으면 사람들은 이렇게 말했다.

"저기 우리 알리체가 있네. 우리 알리체, 오늘은 기분이 어떠니?"

알리체는 작은 조약돌이 깔린 곳을 무척 좋아했는데, 그 중에서도 가장 좋아하는 곳이 바로 동물원이었다. 알리체네 동물원은 증조할아버지가 세워 아버지에게 물려준 것으로 언젠가 알리체가 물려받게 될 것이었다. 물론 동물원은 다른 사람들과 함께 봐야 했다. 날마다 동물원 쇠문이 열리면 사람들은 통에 갈색 동전을 넣고 들어와서 동물을 구경했고, 동물들은 그런 사람을 구경했다. 알리체는 동물원에 관람객이 내는 돈이 필요하다는 걸 알았지만, 관람객을 그다지 좋아하지 않았다. 알면 알수록 관람객은 시끄러운 데다 멍청했다. 그들은 너무 크게 떠들고 우스꽝스럽게 말했다. 알리체는 자기와 동물들과 아빠만 빼고 동물원이 텅 빈 때를 더 좋아했다. 아침마다 학교에 가기 전, 알리체는 동그라미를 그리며 서 있는 우리 사이를 걸어 다니며 창살에 갇힌 동물에게 자기 얘기를 중얼거리거나 군것질거리를 주었고, 손이 닿는 곳에 서 있는 동물을 쓰다듬어 주었다. 그런 알리체의 모습과 목소리는 한결같고 평화로워서 동물들은 알리체를 좋아했다. 그중 몇몇은 젖먹이로 와서 동물원에서 지낼 만큼 튼튼해질 때까지 알리체네 부엌에서 키웠기 때문에 애완동물이나 다름없었다.

알리체가 나이를 먹어 감에 따라 동물들도 나이를 먹어 갔다. 세월은 알리체에게 새롭고 놀라운 것을 가져다주었으나, 동물들에게는 그런 선물이 아닌 따분함을 가져다주었다. 동물의 세계에선 어떠한 도전이나 모험도 펼쳐지지 않았던 것이다. 재규어, 긴팔원숭이, 들고양이, 사슴. 이 모든 동물은 알리체와 같이 아침에 깨어났다가 밤이면 똑같이 잠이 들었다. 하지만 시간이 흐를수록 동물은 나이를 먹었고 끝내는 죽음에 이르렀다. 알리체가 걸음마를 떼던 무렵 좋아했던 오소리는 열 살 생일 때 털이 잿빛으로 변하더니 죽었다. 공작은 어느 날 저녁에 보니 눈부시게 아름다운 깃털 사이에 묻혀 쓰러져 있었다. 평생을 동물원에서 살던 재규어가 죽었을 때 알리체는 열네 살이었다. 재규어는 추운 날씨를 싫어했고 관람객을 무서워했다. 털이 까맣다 못해 푸르스름했다. 알리체는 제 모습이 재규어의 구릿빛 눈동자에 비치는 걸 한 번도 보지 못했다. 재규어의 눈빛은 언제나 알리체 너머 정글을 찾고 있었다. 눈 내리는 들에 서서 재규어 무덤을 파는 아빠를 도우며 알리체는 죽음이 재규어를 자유롭게 해 주어 이젠 덩굴진 포도나무를 올라가고 따뜻한 강물을 핥을 수 있기를 바랐다. 그러길 바라며 울었다.

동물원에 관람객을 끌려면 커다란 고양잇과 동물이 있어야 했기 때문에 재규어 대신 어린 사자를 데려왔다. 사자는 어마어마한 짐승이어서 울부짖는 소리가 온 마을을 뒤흔들었다. 알리체는 다른 동물을 줄곧 사랑해 왔듯이 사자도 매우 사랑했다. 하지만 동물원이 늘 생각했던 것처럼 신기한 곳은 아니라는 생각을 하게 되었다. 알리체는 귀에 거슬리게 말하거나 동물을 비웃고 손가락으로 찌르는 관람객을 끔찍이 싫어했다. 살아 있는 동물의 본성을 전혀 모르는 관람객을 깔보았다. 무엇보다 고통스러운 것은 살아 있는 생명체를 우리에 가두는 것이 잘못된 일이라고 생각하게 된 점이었다.

"여긴 동물한테 지옥이에요! 이 동물원이 싫어요! 부끄럽다고요!"

알리체가 울며 외쳤다.

삶을 송두리째 동물원에 바치며 동물을 사랑하고 할 수 있는 한 동물을 가장 건강하게 키우려 한 아버지에게 이런 말이 얼마나 큰 상처가 될지 잘 알았다. 한편으로는 동물들을 지키려는 것만큼이나 아버지를 아프게 하려고 이런 말들을 하는 게 아닌지 스스로 의아스러웠다. 젊을 때는 누구나 자기만 옳다고 여기며 감정에 치우치는 때를 거친다는 것을, 어쩌면 자신도 그런 때를 보내고 있는지도 모른다는 것을 알리체는 알았다. 알리체가 동물이었다면 지금은 어미와 둥지를 떠나 자기만의 미래를 설계하기 위해 독립할 나이였다. 알리체는 아직 집을 떠날 나이는 아니었고, 여전히 아이와 다를 게 없었다. 하지만 자기 안에 있던 어떤 것이 예전 삶을 뒤로하고 이미 떠나 버린 건 아닌지 궁금했다.

알리체는 여전히 사람들과 잘 어울리고 쾌활했지만, 그 뒤 몇 년 사이에 친구와 만나는 시간을 줄이고 더 많은 시간을 홀로 보내며 생각에 잠기고는 했다. 매일 아침저녁으로 문이 닫힌 동물원에 찾아가 동물들을 쓰다듬고 말을 걸면서 홀로 동물들과 마주했다. 동물이 태어난 땅이나 살았을지 모를 삶에 대해 읽어 주었고, 학교에서 배운 것을 들어 가며 동물 이야기를 들려주었다. 으스름한 달빛 아래에서 동물들은 해안, 산, 돌풍, 빙하, 피, 굴, 새끼 같은 단어를 들었다. 알리체는 두 손을 창살 사이에 넣고 샤무아의 털을 손바닥으로 쓰다듬었다. 부드럽고 뻣뻣한 털에 다섯 손가락이 지나간 자국이 생겼다. 알리체는 제 말을 들으며 누워 있는 동물들에게 말했다.

"할 수만 있다면 너희를 풀어 주고 싶어."

알리체는 동물들에게 자기가 알고 있는 다른 것, 아버지에게 수백, 수천 번도 더 들어서 너무나 잘 알고 있는 것은 이야기하지 않았다. 동물원에 살던 동물은 원래 서식지로 돌려보내 주어도 살아남지 못한다는 사실을. 어떤 동물은 태어날 때부터 갇혀 살아서 다른 세상은 알지도 못한다. 어떤 동물은 갓 태어난 새끼 때 야생에서 사는 법을 미처 배우기도 전에 잡혀 왔다. 어떤 동물은 다친 채 발견되어 동물원이란 보호구에 들어왔지만 그때 입은 상처가 지금도 남아 있었다. 속사정이야 어찌 되었든 어떤 동물도 창살을 벗어나면 살아남지 못할 것이다.

그러다가 동물원 동물들이 전혀 눈치채지 못하는 사이에 알리체가 사는 세상이 변했다. 적군이 쳐들어온 것이다.

처음에는 농담처럼 들렸다. 마을에 떠도는 말은 앞뒤가 안 맞고 혼란스러웠다. 누구는 침략군이 이 나라를 점령할 거라고 주장했고, 누구는 침략군이 그냥 지나갈 거라고 주장했다. 누구는 침략이 이 나라의 문제를 풀고, 나라를 지켜 주고, 나라를 더 강하게 만들고, 바람직하지 못한 것을 모두 깨끗하게 할 거라고 믿었다. 반면 다른 사람들이 보기에 침략은 나라의 멸망을 뜻했고, 그것은 일어날 수 있는 일 중에 가장 나쁜 일이었다. 사실이야 어떻든 침략군이 주둔했고 물러갈 생각이 없음이 곧바로 밝혀졌다. 침략군은 이 나라를 손에 넣고 다른 것도 내놓으라고 할 속셈이었다. 침략군은 땅 위로 솟는 기름처럼 사방으로 흘러갔으며 그 흐름은 멈출 것 같지 않았다.

이 나라는 침략국에 비하면 가난하고 약했다. 그렇게 거대한 부대를 몰아내고 이길 승산이 없었다. 이길 수 있다 해도 침략군을 쫓아내지 않으려는 사람들도 있었다. 그런 사람들은 침략군이 기약하는 듯한 안전을 바랐다. 하지만 침략군이 피도 눈물도 없이 강제로 뺏어 가고 함부로 날뛰는 것에 분노한 사람들이 아주아주 더 많았다.

이 많은 사람들 가운데 알리체와 아버지도 있었다. 알리체는 극도로 화가 나서 복수심에 불타올랐다. 아버지는 더욱 신중하게 말했다.

"중요한 것은 우리의 안전을 꾀하는 거야."

열아홉 살이 된 알리체는 그런 아버지를 겁쟁이라고 생각했다. 알리체는 싸우고 싶었다. 몇 달이 지나면서 자신들의 힘으로 적군에 맞서 실제로 전투를 벌이는 사람들의 이야기를 듣게 되었다. 알리체는 가장 친한 친구들을 불러 모아 놓고 말했다.

"이 나라는 우리 나라야. 침략군의 나라가 아니라고. 우리가 침략군을 막을 수는 없겠지만 타격을 줄 수는 있을 거야. 그래야만 해."

친구들 또한 젊고 용감했기 때문에 망설임 없이 일어섰다. 계획을 짜야 했고, 그러려면 비밀 장소가 있어야 했다. 알리체가 말했다.

"동물원 어때? 밤에는 아무도 거기에 안 가거든. 열쇠는 나한테 있으니까. 동물원에서 모일 수 있어."

그렇게 해서 친구들은 가담자가 되었다. 모두 일곱 사람이었다. 매일 밤 12시가 되면 동물원에 모여서 잔디밭 초록 벤치에 앉아 계획을 짰다. 마을은 잠이 들었지만 동물들은 한 마디도 빠뜨리지 않으려고 귀를 기울인 채 조용히 누워 있었 다. 늑대는 이빨을 핥았고, 곰은 걱정스럽게 한숨을 쉬었으 며, 샤무아는 뿔 달린 머리를 흔들었다. 친구들은 계획을 제 안하고, 논쟁하고, 동의하고, 반대했다. 마침내 한마음으로 계획을 세웠을 때에는 포도주를 돌리며 기뻐했다. 동물들은 친구들이 턱 밑으로 다홍색 포도주 방울을 흘리며 술을 마시 고 자신 있게 웃는 모습을 지켜보았다. 그 순간 레지스탕스 전사들은 어른 놀이를 하는 아이 같아 보였다.

친구들은 기차 시간표를 조사해서 침략군에게 어느 시간 대의 기차가 중요하고 중요하지 않은지 알아보고는 언제 공 격할지 조심스럽게 날짜를 정했다. 아무도 다치는 사람이 없 도록 오직 화물 열차만 목표로 했다. 선택한 밤이 다가오자 알리체와 친구들은 신경이 점점 날카로워지고 마음이 들떴 다. 어둠을 틈타 동물들 앞에서 계획대로 실행해 보고 잘못된 점은 없나 다시 살피면서 저마다 맡은 역할을 미리 연습했다. 라마는 빛나는 눈으로 이들을 지켜보며 생각에 잠긴 채 이빨 을 갈았다.

마침내 때가 다가오자 밤은 깜깜했고 달은 고양이 발톱 모양으로 이지러졌다. 배수로와 돌무더기에는 알리체가 어릴 때 만들어 놓은 은신처가 많이 있었다. 이제 레지스탕스 전사들이 이 은신처에 숨겨 둔 폭발물과 장작을 꺼냈다. 어둠 속에서 조용히 움직여 폭발물을 기찻길 사이에 옮겨 놓았다. 기찻길 조금 아래에는 침목을 가로질러 장작더미를 쌓았다. 그런 다음 어둠 속으로 물러나 기다렸다.

고요한 밤을 뚫고 아주 멀리서부터 기차가 다가오는 소리가 들렸다. 바퀴가 덜커덩거렸고, 엔진은 씩씩거렸다. 알리체와 친구들은 서로 손을 꼭 잡았다. 모든 일이 시간이 딱딱 맞아야만 했다. 알리체의 심장이 세차게 뛰었다.

기차가 언덕에 가려지자 전사들은 장작더미에 불을 붙였다. 장작에 미리 등유를 뿌려 놓았기 때문에 금방 불이 붙어 활활 타올랐다. 기차가 칙칙폭폭 소리를 내며 언덕을 돌아 가까이 와서야 기관사는 활활 타오르는 불길에 길이 막혔다는 것을 알았다.

기관사가 급히 제동을 걸어 속도를 늦추자, 기차가 날카롭게 끽 소리를 내며 멈춰 섰다. 기관사는 침략국 사람이 아니라 알리체와 같은 나라 사람이었다. 알리체는 있는 힘껏 소리를 질렀다.

"뛰어내려요, 아저씨. 달아나세요!"

기관사는 무슨 일이 일어나려고 하는지 알아차렸다. 기차 밑에서 폭발물이 막 터지려는 순간 기관실에서 뛰어내렸다.

꽝 소리와 함께 폭발물이 번쩍 하며 터지자 알리체와 친구들은 바닥에 쓰러졌다. 눈을 뜨자 불길에 휩싸인 기차가 마치 지구 중심부에서 밀려 올라온, 끔찍한 악몽에나 나오는 괴물처럼 울부짖는 듯이 보였다. 불꽃이 차창에서 날름거리고 바퀴 사이로 번쩍이며 붉은 용의 날개처럼 지붕 위에서 펄럭거렸다.

동물원 우리에 안전하게 있던 동물들도 움찔했다.

레지스탕스 전사들은 벌떡 일어나서 힘껏 달려 마을로 되돌아갔다. 저마다 거리를 지나 따로 떨어진 길을 달려 마치 아무 일도 없었던 것처럼 잠자리에 들었다. 하지만 아무도 잠을 이룰 수 없었다. 짜릿함은 너무나 대단했다. 불타던 기차의 모습을 머리에서 지울 수 없었다. 폭발할 때 나던 엄청난 소리가 자꾸만 들리는 것 같았고, 거센 불길이 잊히지 않았다. 모든 것이 계획대로 되었고, 모든 것이 기대 이상이었다.

교회 종이 울리자, 마을 사람들은 깜짝 놀라 잠에서 깼다. 다들 무슨 난리인가 싶어 서둘러 집 밖으로 나왔다. 불빛이 자갈길에 어른거렸다. 불길은 이제 객차의 나무틀과 나무로 짠 화물 상자에 옮겨붙으면서 더 거세게 치솟았다.

기관사는 반쯤 정신이 나가서 누구도 알아들을 수 없는 말을 횡설수설하며 철길을 돌아다니다가 결국 차에 실려 갔다. 기차를 건지기 위해 할 수 있는 일도 없었고, 위험에 빠진 사람이나 재산도 없어 보였기에 마을 사람들은 잠옷 바람으로 괴물 기차가 불타는 것을 지켜보았다. 불길은 얼굴을 주황색으로 칠하고서 주변 풀을 검게 물들였다. 아이들은 이보다 신 나는 일은 본 적이 없는 것 같았다. 어느 누구도 걱정 같은 건 하지 않았다.

하지만 아침 무렵이 되자, 얼빠졌던 기관사가 지난밤에 무슨 말을 하려고 했는지 모두 알게 되었다. 아주 기분 좋고 기쁘게도 레지스탕스 전사들이 기차를 날려 버렸던 것이다……. 다만 중요한 인물이 기차를 타고 여행 중이었는데, 똑똑하거나 돈이 많거나 약은 사람이라서가 아니라 침략군 지도자가 아주 아끼는 친구라서 중요했다.

알리체는 아침을 먹으러 내려왔다가 이 소식을 들었다. 식탁에 앉아 아버지가 접시에 올려놓은, 버터 바른 토스트를 멍하니 내려다보았다. 지도자의 친구가 기차에 탔을 줄은 꿈에도 몰랐다. 알리체가 조사한 바에 따르면 기차에는 군복과 탄약 만들 쇠만 있어야 했다. 승리감이 슬며시 사라지는 것을 느꼈다. 얼마나 끔찍한 일을 저질렀는지 그제야 깨달았다. 위험이 알리체 앞에서 해일처럼 솟아오르는 것 같았다.

침략군 지도자는 기차와 화물을 잃은 데다 철길까지 파괴되어서 몹시 화를 낼 것이다. 알리체와 친구들도 그건 예상한 일이었다. 하지만 소중한 친구를 잃는 것은 그것과 완전히 다른 일로, 전쟁에 미친 지도자의 가슴을 칼로 도려내는 일일 것이다. 지도자는 틀림없이 이 일을 저지른 사람들에게 앙갚음을 할 것이다. 그리고 그렇게 피도 눈물도 없는 사람이 일으킬 피바람은 생각만 해도 끔찍한 일이었다.

알리체는 자기가 처한 위태로움뿐만 아니라 마을에 불러온 위험까지 똑똑히 알았다. 또한 거의 다 크긴 했지만 여전히 배워야 할 것이 많다는 것도 깨달았다. 알리체는 토스트를 한쪽으로 밀어 놓고는 '타타'(체코어로 '아빠'라는 뜻) 하고 불렀다. 어릴 때 이후로 쓰지 않았던 말.

"타타, 드릴 말씀이 있어요. 기차를 폭파한 사람이 바로 저예요."

알리체는 아버지에게 레지스탕스 전사들 이야기를 들려주었다. 아버지는 힘이 다 빠진 듯 말없이 듣기만 하는 것 같았다. 알리체는 전혀 알지 못했지만, 아버지는 머릿속에 들리는 한 목소리에만 귀를 기울이고 있었다. 그대는 딸을 잃었다 하는 목소리가 들렸다. 오늘이 딸을 보는 마지막 날이다.

딸의 이야기 끝에 아버지는 딸에게 해 줄 수 있는 유일한 말을 했다. 가슴이 갈가리 찢기는 것 같았지만 목소리는 차분하고 평온했다.

"빨리 여기를 떠나렴. 될 수 있는 대로 멀리 가거라. 산으로 들어가거라. 저항군이 거기에 숨어 있다는 소리를 들었다.

그 사람들과 함께 있으면 안전할 거다. 여기는 위험하다, 알리체. 지도자가 너를 찾을 거야. 게다가 다른 사람들도 너를 찾을지 모른다. 우리 이웃 사람이, 화나고 두려움에 떠는 사람이……"

알리체는 아버지의 말을 알아들었지만 아름다운 엄마가 그러했듯이 똑같이 조용히 말했다.

"안 돼요, 타타. 그럴 수 없어요. 여기서 제가 저지른 일을 똑바로 지켜볼 거예요. 저는 사람을 죽였어요. 마을을 위험에 빠뜨렸어요. 도망은 겁쟁이나 가는 거예요."

아버지는 머리를 감싸고 소리쳤다.

"다투지 말자, 알리체! 딱 한 번만 시키는 대로 좀 해! 네 생명이 소중하다는 것을 잊지 마라. 너는 안 그럴지라도 나한테는 소중하다! 슬기롭게 결정하자, 어리석게 말고! 그저 숭고하게 보이려 말고 용기를 내야 할 때 용기를 내야지! 산으로 가거라. 거기서 친구를 찾아. 적군과 계속 싸워. 싸우고 또 싸워. 젖 먹던 힘까지 다 내서 싸워. 그렇게 한다면 나는 우리 딸을 자랑스러워할 게다. 그냥 여기 앉아 있다가 적군한테 끌려가면 네가 뭐가 자랑스럽겠니!"

알리체는 아버지를 빤히 쳐다보았다. 떠나야만 한다는 것은 알고 있었다. 하지만 가슴이 슬픔으로 먹먹했고 눈에는 눈물이 그렁그렁했다. 알리체가 애원했다.

"그럼 저랑 같이 가요, 타타. 타타만 여기 두고 갈 수는 없어요."

"안 된다. 나는 동물원에 있어야 해. 동물한테는 내가 필요하잖니."

그것은 알리체도 인정하는 사실이었다. 알리체는 동물과 함께 자랐기에 동물을 돌봐 줄 손길이 얼마나 필요한지 그 누구보다도 잘 알고 있었다. 머뭇거릴 시간이 없었다. 새벽은 이미 아침에게 밀려났고 기차 폭발 소식은 순식간에 지도자의 귀에 들어갔다. 그러나 아버지가 알리체의 짐을 꾸리는 동안, 알리체는 얼굴을 망토로 가린 채 태어나 줄곧 알았던 거리를 내달렸다. 알리체가 아이에서 여성으로 자라는 것을 지켜본 이웃들과 세상 중심이었던 마을을 지나 동물원으로 갔다.

알리체는 손가락으로 쇠창살을 더듬으며 우리 주위를 걸었다. 쇠창살 안쪽에 사는 동물뿐만 아니라 한때 살았다가 죽어 그저 기억 속에만 사는 동물에게도 속삭였다. 이제 알리체의 삶은 완전히 달라져서, 때론 두렵기도 하고 아주 신 나기도 하며, 과묵하기도 하고 위태롭기도 할 것이다. 알리체는 이런 삶을 받아들일 준비가 되어 있었는데, 그건 그런 험악한 삶을 견뎌 온 동물들 곁에서 살아왔기 때문이다. 시간은 째깍째깍 흘러갔고, 알리체는 서둘러야 했다. 자갈길 옆 독수리 우리에 이르러 알리체는 마지막으로 돌아보았다. 캥거루가 추위에 떨며 알리체를 바라보았다. 긁힌 잿빛 얼굴을 쓰다듬어 줄 여유가 없었다.

알리체는 모두에게 말했다.

"난 지금 떠나야 해. 하지만 돌아올 거야, 약속할게. 내가 없는 동안 아버지가 너희를 돌봐 줄 거야. 하지만 난 돌아올 거야."

7. 선물

"그래서 돌아왔어?"

토마스가 물었다.

"안 돌아왔다. 달이 찼다가 기울고, 다시 찼지만 돌아오지 않았다."

늑대가 대답했다.

"사랑스러운 알리체. 알리체가 떠난 뒤로 모든 게 잘못돼갔지."

라마가 한숨을 쉬며 말했다.

"어디로 갔을까?"

캥거루가 궁금하게 여겼다.

"우리를 잊은 거야."

슬픈 곰이 말했다.

"안 잊었어! 알리체는 우리 딸이야! 동물원의 딸이라고.

우릴 잊을 리 없어. 될 수 있는 한 빨리 돌아올 거야."

샤무아가 매애 하고 울었다.

"그런다고 약속했으니까. 그리고 그렇게 할 거야."

라마가 말했다.

그때 안드레이 귀에 알리체, 알리체, 알리체 하는 소리가 다시 들렸다. 마치 나뭇잎이 바람에 가볍게 날아가는 듯한 소리였다. 안드레이는 알리체가 달아났을 산이 어떨지 잘 알고 있었다. 편안함에 길든 소녀가 바위투성이 땅바닥과 분필같이 하얀 돌, 험하고 거친 나무를 잘 견딜 수 있을지 궁금했다. 안드레이는 마린 삼촌을 떠올렸다. 삼촌은 안드레이에게 그런 험난한 산줄기에서 살아남는 비결을 가르쳐 주었다. 알리체에게는 마린 삼촌처럼 불을 피울 줄 알고 은신처를 만들 줄 아는 누군가의 도움이 필요할 것이다. 안드레이는 마린, 마린, 마린 소리가 나뭇잎처럼 제 주위를 떠다니는지 들으려고 애썼다. 하지만 늑대가 일어나 다시 말을 잇자, 안드레이는 고개를 들고 귀를 기울였다.

"알리체가 떠난 이튿날 아침, 촌장이 동물원에 왔다. 땅에 드리운 촌장의 그림자는 컸고, 그 몸에선 기름과 가죽 냄새가 났다. 그 사람은 지금 너희 둘이 서 있는 그 잔디에 서 있었지. 촌장이 동물원 주인한테 말했다. 어제 밤낮 일어난 일에 대해 많은 것을 들었네, 미카엘. 자네 딸 알리체가 기차 폭발 사건과 관련되어 있다는 것도 알고 있지. 애들의 철부지 장난이 항상 그렇듯 알리체가 좋은 뜻으로 그랬다는 것도 잘 알고 있네. 하지만 알리체가 저지른 일 때문에 마을이 지도자에게 밉보였으니 그건 불행한 일일세, 그렇지 않나? 위험한 일이지, 미카엘. 우리는 뭐든 해서 지도자한테 소중한 친구가 당한 일을 애석하게 생각하고 그 상실감을 가슴 아파 한다고 나타내야 하네. 사과의 뜻을 분명히 보여주는 선물이 필요하단 말일세. 지금부터는 똑바로 처신할 거라고 보증할 만한 특별한 것."

곰은 통나무가 벽난로 불길에 넘어가는 소리 같은, 앓는 소리를 냈다. 라마도 너무 괴로운 나머지 짜증스럽게 앞발을 들었다. 라마가 낑낑대며 말했다.

"난 이런 이야기 싫어."

"입 다물어! 그냥 듣기나 하셔!"

샤무아가 소리쳤다.

"알리체."

캥거루가 새된 소리로 불렀다.

늑대는 다른 동물들이 뭐라 하건 상관 않고 오크 빛깔 눈으로 아이들을 바라보았다.

"동물원 주인은 선물을 주는 게 좋겠다고 생각하면서도 촌장에게 물었지. 우리가 무엇을 줄 수 있나요? 여기는 작은 마을일 뿐인데. 우리한텐 전 세계를 지배하려는 적군의 지도자 같은 사람을 위로할 만한 게 없잖습니까."

암사자는 갑자기 바구니 밖으로 휙 솟구치는 독사처럼 꼬리를 세차게 흔들어 댔다.

"늑대!"

곰이 으르렁거리자, 라마가 깜짝 놀라 멈칫거리며 겁먹은 소리를 냈다. 늑대는 흘깃 쳐다보고는 아주 잠깐 멈칫하다가 이야기를 이어 갔다.

"촌장은 씩 웃으며 동물원 주인한테 대답했다. 아니야, 미카엘. 그 대목은 자네가 틀렸어. 우리한테는 적군 지도자가 아주 좋아할 만한 귀하고 값비싼 게 있어. 듣자 하니 지도자가 동물을 좋아한다더군, 개와 비둘기와 말을. 물론 크고 이국적인 야생 동물도 좋아한다더군. 하지만 지도자같이 생각할 게 많은 사람이 동물원을 구경할 시간이 있을 거라곤 생각지 않아, 그렇지? 그러니 우리가 동물원의 동물을 좀 보낼 수 있을 걸세. 지도자한테 가장 좋은 동물을 선물하는 거야, 미카엘. 노여움이 누그러지길 바라면서 말이지. 그렇게 하면 자네 딸이 집집마다 불러온 위험을 조금이나마 덜 수 있을 걸세."

"저런. 안 돼. 그건 불공평해······."

토마스는 도움을 청하듯 주위를 둘러보았다.

늑대는 씩 웃었다.

"불공평! 동물원 주인도 그렇게 생각했다. 주인은 테리어

개처럼 털을 잔뜩 세우고 성이 나서 발끈했지. 이빨도 없고
짖지도 않는 테리어. 주인은 아무 말도 안 했다."

"주인이 무슨 말을 할 수 있었겠냐? 선택하고 말고 할 것
도 없는데!"

곰이 으르렁거렸다.

"이야기 좀 듣자!"

샤무아가 악을 썼다. 늑대는 돌에 발을 대고 발톱을 드러
냈다.

"동물원 주인은 아무 말도 안 했다. 아마 할 말이 없었기
때문이겠지. 우리 하나가 열렸고, 지도자를 위로하기 위해 어
떤 일이 벌어졌다."

"끔찍한 일이 벌어졌지."

라마가 속삭였다.

캥거루는 변함없이 이상한 목소리로 따라 했다.

"뭔가 끔찍한 일이 벌어졌지."

"멧돼지 우리가 열린 거야?"

안드레이가 물었다. 멧돼지가 눈에 띄지도 기척이 들리지
도 않았기 때문이다. 소리라곤 새어 나오지 않는 우리에
KANEC라고 적어 놓은 시커멓고 네모난 이름패가 불길하게
보이기 시작했다.

"멧돼지를 지도자한테 보낸 거야?"

"멧돼지?"

늑대가 코웃음을 쳤다.

"어마어마한 바다 같은 군대를 이끄는 사령관이 고작 돼지를 받고 감동했을 거라고 생각하는 건가? 아니, 멧돼지가 아니었다. 사자 우리를 열어 수사자와 젖먹이 새끼 사자 세 마리를 끌어냈다."

형제는 늑대의 말이 자물쇠에 꽂힌 열쇠, 사슬에 묶인 사자, 달아나려고 할퀴며 버둥거리는 새끼들 모습으로 바뀌는 것을 보면서 달빛이 어린 안개를 빤히 응시했다. 형제는 바닥에 엎드려 일어나지 않는 암사자에게 슬며시 눈길을 돌렸다. 암사자의 꼬리가 축 처져 있어서 꼭 죽은 것처럼 보였다.

"끔찍한 일이었어."

캥거루가 작은 소리로 말했다.

"그날 오후, 수사자와 슬피 우는 새끼 사자들을 나무 우리에 넣었다. 그 우리는 트럭에 실려 떠났다. 우린 그 뒤로 사자들을 못 봤다. 동물원 주인도 길 떠나는 사자들을 돌보기 위해 함께 트럭을 타고 떠났지. 주인은 떠나기 전 우리한테 며칠 동안 먹을 먹이와 물을 넉넉하게 줬다. 우리는 동물원 주인이 돌아올 거라고 믿었다. 주인이 여기 머물면서 우리를 돌볼 거라고 알리체가 말했으니까. 하지만 달이 떴다가 지고 다시 떴지만 주인은 그 오랜 시간 동안 돌아오지 않았다. 그 뒤로 못 봤지."

어느 누구도 말을 하지 않았다. 어두운 구석에서 독수리가 날개를 퍼덕였다. 마침내 안드레이가 말했다.

"하지만 마을은 파괴됐잖아."

"그건 그렇다."

"어째서? 지도자한테 사자를 주었는데 왜 마을이 파괴된 거지?"

늑대는 마른 궁둥이를 깔고 앉아 힘없이 눈을 깜박였다.

"멧돼지만큼이나 수사자와 새끼 사자 세 마리로는 지도자를 달랠 수 없었던 게 이유겠지. 지도자를 달랠 수 있다고 생각한 촌장이 바보였지. 사자들로는 달랠 수 없었다. 오직 앙갚음만이 지도자를 달랠 수 있었던 거다. 복수. 그리고 그건 침략에 저항할 생각이 있는 다른 마을에 본때를 보여 주는 일이기도 했다. 첫 번째 폭탄은 사자들이 떠난 다음 날 아침 떨어졌다. 한 차례, 또 한 차례 폭탄이 떨어지더니 그다음엔 더 많은 폭탄이 떨어졌다. 폭탄은 마을을 쑥대밭으로 만들고 사람들이 모두 떠날 때까지 떨어졌다. 그 뒤로 마을은 조용해졌다. 지금 저기엔 쥐 한 마리 살아 있지 않을 것이다. 먼지와 돌, 그리고 이 이야기 빼곤 아무것도 안 남았다. 침략군은 돌무더기한테도 본때를 보여 주려는 듯 때때로 폭탄을 더 떨어뜨리고 있으니까."

형제는 재가 앉은 풀잎을 뜯으며 지금까지 들은 이야기에 대해서 생각했다. 화물 열차가 끔찍하게 폭발했고, 동물원의 딸 알리체가 떠나 버렸고, 사자들과 동물원 주인이 사라졌고, 용서하지 않겠다는 듯 폭격이 이어지면서 마을이 부서지고 죄 없는 사람들이 쫓겨났다. 우리에 갇힌 채 비와 이슬을 맞으며 나방이건 꽃잎이건 잡초건 우리 안으로 우연히 날아 들어온 것을 먹으면서 몇 날 며칠이고 버텼을 동물들에 대해서도 생각했다.

"모두 가 버렸구나."

토마스가 사실들을 하나하나 짚어 보더니 이맛살을 찌푸렸다.

"모두 끝났고, 모두 가 버렸어. 동물원에 있는 동물들만 빼고. 너희는 떠날 수 없었기 때문에 아직 여기에 있는 거야. 그리고 너희를 돌보려고 남은 사람은 아무도 없어."

"그건 그렇다."

늑대가 대답했다.

8. 식사

안드레이는 견딜 수 없을 만큼 마음이 무거웠다. 꼬질꼬질한 어린 동생을 쳐다보았다. 머리카락이 토마스의 얼굴을 덮고 있었다. 목욕을 시키고 옷을 갈아입혀야 했다. 그런 다음 거대한 조각 같은 머리를 앞발에 무겁게 올린 채 쉬고 있는 암사자를 바라보았다. 벤치에 누인 빌마는 아무 소리도 내지 않았고, 늑대조차 조용해진 것처럼 보였다. 안드레이가 말했다.

"우리한테 먹을 게 좀 있어. 모두한테 골고루 돌아가기엔 모자라겠지만, 그래도 없는 것보다 나을 거야."

토마스는 기뻐서 잠시 숨을 가다듬었다. 동물들은 일어서서 토마스가 배낭을 거꾸로 들고 잔디밭에 쏟는 모습을 지켜보았다. 찢어진 만화책, 카드 한 묶음, 파란 모자, 구리 총알, 긁히고 끈이 떨어진 비행사 고글 따위 보물이 잔디밭으로 굴러떨어졌다. 초, 숟가락, 깡통 따개, 성냥, 손전등, 안드레이가 마을에서 찾은 코르크 따개가 쏟아졌다. 달그락거리는 접시와 그릇, 길쭉한 주석 머그잔이 나왔다. 남몰래 꼭꼭 숨겨놓은 돈이 떨어졌다. 안드레이가 마차에서 팔 만하다 생각하고 챙겨 온 것도 모두 쏟아져 나왔다. 조각칼, 면도날, 은과 가죽으로 된 장신구를 보자 토마스는 마음이 아팠다. 치즈 한 덩어리와 멍이 든 사과 한 알, 군데군데 곰팡이가 핀 롤빵 두 개가 튀어나왔다. 간으로 만든 소시지 덩어리와 거의 다 먹은 비스킷 통이 툭 떨어졌다. 빌마에게는 더없이 귀중한 레몬 버터 한 병, 버터 병과 크기가 비슷하고 내용물이 꽉 찬 잼 한 병이 굴러떨어졌다. 토마스는 그 옆에 서서 가방을 흔들고 속을 들여다보더니 손을 넣어 보았다. 다 뒤집어 쏟아 놓은 가방 밑바닥에서 마른행주로 싼 향기로운 덩어리를 찾았다. 토마스는 잠깐 머뭇거리면서 안드레이를 바라보았다. 안드레이는 다음 날 먹을 게 없다면 어떤 느낌일지 잘 알면서도 고개를 끄덕이며 말했다.

"그것도."

토마스가 그 덩어리를 잔디에 놓고 마른행주를 벗기자 뜯어 먹다 만 햄 뼈다귀가 드러났고, 그 냄새에 늑대가 신음 소리를 냈다. 이렇게 쏟아 놓은 음식이 게걸스러운 동물원 동물들에겐 먹을 것 없는 잔치처럼 보이겠지만, 그래도 토마스는 너그럽고 자랑스럽게 웃으며 뒤로 물러섰다.

"난 사과 먹을래."

라마가 결심한 듯 말했다.

"잼! 잼, 잼!"

원숭이가 감전된 것처럼 소리를 질렀다.

"난 이끼가 좋아. 그래도 물론 빵 좀 먹을래."

샤무아가 딱 잘라 말했다.

안드레이는 어깨 너머로 실의에 빠져 엎드려 있는 곰을 바라보았다.

"뭘 먹을래?"

"됐어. 배 안 고파."

곰이 눈을 감았다.

"잘됐다! 우리한테 더 줘."

라마가 말했다.

"어쨌든 간에 기별도 안 갈 거야. 곰은 식욕이 엄청나서 배가 땅에 닿을 만큼 먹을 수 있잖아. 곰한테 비스킷 조각은 새 발의 피 같을 거야."

샤무아가 투덜거렸다.

"분명 배고플 텐데. 숲에 살았다면 겨울을 나기 위해 살을 찌우고 있었을 거다. 큰 사슴도 먹을 만큼 배가 고플 텐데."

늑대가 귀를 쫑긋 세우며 말했다.

"아니면 샤무아라도."

원숭이가 빈정거렸다.

"전에 경고했을 텐데, 이 웃기는 침팬지야! 그렇게 말하는 거 하나도 재미없거든! 우리는 여기 모두 함께 있는 거라고! 우리 모두 배고프고, 우리 모두 목마르고, 우리 모두 같은 창살에 갇혀 있는 거야! 지금은 서로를 잡아먹네 마네 농담할 때도 아니고, 여기는 그럴 장소도 아니야! 멍청한 말이나 하고, 그런다고 바뀌는 것도 없는데, 그리고 그건 나한테 아주 무례한 말이야! 쓸데없는 말이라고, 알아듣겠냐?"

샤무아가 우리 앞쪽에서 달가닥거리며 소리쳤다.

"네가 아주 먹음직스러우니까 네 입에서 그런 소리가 나오는 거다."

늑대가 말했다.

원숭이는 밧줄 사이로 뛰어올라 재주넘기를 하며 즐겁게 깍깍거렸다. 샤무아는 화가 머리끝까지 뻗쳐서 머리를 낮추고 원숭이를 향해 달려들었다. 구부러진 뿔로 쇠창살을 들이받자 고요한 하늘에 챙 소리가 커다랗게 울려 퍼졌다. 샤무아는 곧바로 뒤로 물러섰다가 목표를 정한 다음 다시 창살을 들이받았다. 놀란 독수리가 횃대에서 날아올라 쇳소리를 지르며 우리 주변으로 어설프게 몸을 내던졌다. 암사자도 덩달아 으르렁거렸다. 늑대는 우리를 있는 힘껏 내달리며 컹컹 들뜬

소리를 내더니 흰 턱을 들고 길게 울부짖었다.

시끄러운 소리로 혼란 그 자체였다. 그 소동에 잠이 깬 빌마가 숨을 크게 들이쉬더니 특유의 소름 끼치는 소리를 질러 대며 대혼란을 부채질하기 시작했다. 토마스가 손으로 귀를 꼭 막고 소리쳤다.

"왜들 이래?"

"먹이 때문에 모두 미친 거야. 점잔 따위는 모르거든!"

라마가 소리쳤다.

난리 법석이 너무 끔찍하다 보니 토마스는 한참 전에 지나간 비행기 조종사 셋이 소리를 듣고 다시 날아오는 모습을 상상했다. 토마스는 빵과 잼과 간 소시지를 재빨리 셔츠 앞자락에 담고 종종걸음으로 잔디밭을 가로질러 갔다. 병뚜껑을 비틀어 따고 잼 병을 원숭이에게 주자, 원숭이가 날카로운 비명을 뚝 그치고 창살 사이로 병을 와락 낚아챈 다음 구석으로 뛰어가 모습을 감췄다. 토마스는 휙 돌아서서 잔디밭을 다시 내달렸다. 벤치를 지나고 인어 조각상을 스쳐 샤무아 우리로 가서 창살 사이로 롤빵을 굴려 주었다. 샤무아는 먹이가 춤을 추며 가까이 굴러 오자 뒤로 물러서면서 눈을 깜박이고 무거운 뿔을 휘두르며 춤을 추었다. 토마스는 한참이나 망설이다가 늑대 우리에 다가가서 간 소시지를 내밀었다.

"물지 마."

토마스는 얼른 우리 안쪽으로 간 소시지를 들이밀며 부탁조로 말했다. 늑대는 길게 울부짖다 말고 갑자기 토마스를 노려보았다. 하지만 물려고 냅다 달려들지는 않았다. 동물 합창단은 조용해졌고, 독수리와 암사자도 입을 다물었다. 암사자는 힘없이 우리 안쪽으로 터벅터벅 걸어갔고, 독수리는 커다란 날개를 접고 움츠렸다.

빌마가 울며 보채는 소리만 들렸다. 안드레이는 빌마를 안고 젖병을 찾은 다음 빌마의 관심을 조금 남은 우유로 돌리려 애썼다. 하지만 그래 봐야 빌마의 성질만 더 건드리는 것 같았다. 빌마는 뭐에 그리 놀랐는지 우유가 혀에 닿아도 맛도 보지 않고 바락바락 악을 쓰며 울어 댔다. 곰은 빌마가 오빠 품에서 몸을 뻗대며 숄 끈을 걷어차고 그슬린 고깃덩어리처럼 시뻘게진 얼굴로 우는 모습을 지켜보았다. 밤새 처음으로 곰이 나무토막 같은 다리를 펴고 일어섰다. 갈색 털이 안개처럼 부슬부슬했고, 돌을 디디는 발소리가 거칠게 났다. 곰은 가만히 있지 못하는 동물 친구들을 엄한 눈길로 둘러보고는 안드레이를 보았다. 곰이 한숨을 내쉬며 말했다.

"쟤들을 용서하렴. 할 일도 없고 볼 것도 없이 하루 종일 앉아 있어서 저래. 정신이 흐려지고 있어. 머지않아 모두 물범처럼 이상해질 거야."

안드레이는 빽빽 울어 대는 동생을 치켜 안고 어르면서

주위를 거닐었다. 큰 달이 여전히 머리 위에서 빛나며 달콤한 빛을 대지에 뿌리고 있었다. 하얀 달빛이 미치지 못하는 곳은 멧돼지 우리가 유일할 것이다. 안드레이는 컴컴한 구렁텅이 같은 우리를 뒤로한 채 빌마를 안고 물범 우리로 갔다.

처음 봤을 때와 똑같이 빛나는 물범 줄무늬가 수조를 미끄러지듯 위아래로 움직였다. 재빠른 속도 또한 변함이 없었고, 끊임없이 몸을 틀어 방향을 바꿀 때도 보이지 않는 물길에서 조금도 벗어나지 않았다. 지느러미발이나 꼬리를 놀리는 모습은 보이지 않았지만, 물범은 스스로 물을 가르며 헤엄치고 있었다. 물범은 그저 끈질긴 생명력과 이상하고 독특한 임무를 타고난, 시커먼 물체에 지나지 않았다. 안드레이가 빌마의 울음소리보다 큰 소리로 곰에게 물었다.

"이게 전부야? 물범이 하는 게? 그저 왔다 갔다 헤엄만 치는 거?"

"그것 말고 뭘 더 하겠어?"

안드레이는 빌마의 작은 등을 토닥거리며 바다 생물이 몸을 획 뒤집고 미끄러지듯 헤엄치는 모습을 지켜보았다. 끊임없이 빙빙 도는 모습을 보고 있자니 최면에 걸릴 것 같았다. 물범이 기름투성이 수면에 일으키는 잔물결은 마치 박자를 맞춰 두드리는 군악대 북소리처럼 똑같은 결을 이루어 고르게 굽이쳤다. 그러더니 돌로 된 수조 끝까지 퍼져 나가 아주 잔잔하게 찰랑거렸다. 안드레이는 수조를 오락가락하는 동물을 오래 보면 볼수록 이 생명체가 겪는 고통이 더 아프게 느껴졌다.

"불쌍하다. 바다에 살아야 하는데. 바다라면 절대로 벽에 안 부딪힐 텐데."

그러자 곰이 말했다.

"저 물범은 한 번도 바다에서 헤엄친 적이 없어. 저 멀리 어딘가에 바위가 얼어붙고 눈이 흩날리는 곳이 있는데. 파도가 바위를 때려. 코코넛을 깨뜨릴 것 같은 기세로 말이야. 그런 곳이 진짜 있다는 말은 아니야. 그저 들었을 뿐이지. 동물원 주인이 얘기한 걸 너한테 들려주는 거니까, 나한테 설명해 달라고는 하지 마. 물범은 그런 데서 태어났대. 이 물범이 네가 안고 있는 젖먹이와 비슷한 나이였을 때, 어부들이 배를 타고 바닷가로 갔더니 어미 옆에서 녀석이 자고 있더래. 어부들은 배가 고파 어미를 잡아먹었어. 나는 물범 고기를 먹어 본 적은 없지만, 고기가 짤 것 같아. 짜고, 뼈도 없고. 어부들은 새끼 물범마저 죽이려고 했지만, 새끼의 순한 눈과 얼굴에 난 보송보송한 솜털에 마음이 흔들려 그렇게 할 수 없었지……. 하지만 새끼 물범은 이미 엄마 없는 젖먹이가 돼 버린 뒤라 어부들은 인정에 끌려 고통받을 새끼 물범을 두고 떠날 수 없었어. 새끼 물범을 죽이지 않고 대신 돈을 벌기로 마음먹었지. 사람들이 돈을 얼마나 좋아하는지 알면 그건 놀랄 일도 아니야. 작은 동전이라도 잔디밭에 떨어져 봐, 주위를 쿵쿵거리며 얼마나 시끄럽게 구는지. 어쨌든 어부들은 새끼 물범을 배에 태웠고, 항구에 닿을 때마다 여자와 아이 들에게 몇 푼씩 받고 물범을 쓰다듬게 했지."

빌마의 울음이 잦아들고 있었다. 안드레이는 빌마를 꼭 안고 어르면서 물범에 대해 깊이 생각해 보았다. 안드레이는 서커스와 사이드 쇼에서 화려한 천막과 기운찬 조랑말과 휙휙 소리를 내며 공기를 찢는 채찍과 열변을 토하는 웅변가를 셀 수 없이 많이 봐 왔다. 물범은 그렇게 살지 않았을 것이다. 안드레이는 술집과 우중충한 부둣가 구석과 왁자지껄한 소리, 움켜쥔 손을 떠올렸다.

곰이 이어서 말했다.

"영원히 젖먹이로 사는 생명은 없지. 몇몇은 젖먹이처럼 굴지만, 사실은 안 그러니까 스스로를 냉정하게 돌아봐야만 해. 얼마 지나지 않아 새끼는 자랐어. 어부들은 재주를 가르쳤지. 구걸하는 재주, 공을 타고 중심 잡는 재주, 명령에 따라 우는 재주. 하지만 물범은 늘 배가 고팠고 보살핌이 필요했어. 결국 어부들은 이 애완동물과 함께 사는 것보다 없이 사는 것이 더 좋겠다고 결론을 내렸지. 그런데 이미 물범을 훈련시키고 길들였기 때문에 먹어 치우긴 아까웠거든. 그래서 물범이 좋다는 사람한테 팔았는데, 이 사람이 내기에 지는 바람에 다른 사람한테 물범을 빼앗긴 거야. 그 사람은 또 세상에서 가장 긴 물범 책을 써서 이름을 남기려는 사람한테 물범을 넘겼어. 이 사람은 또 모든 것을 돈으로 보는, 빚을 대신 받아 주는 사람한테 재산을 몽땅 빼앗길 때 물범도 같이 빼앗겼지. 그 사람은 물범을 팔겠다고 소문을 냈어. 때마침 저 수조에 살던 펭귄이 페이스트리와 알사탕을 잔뜩 먹고 엄청나게 몸이 불어 죽었거든. 그 바람에, 동물원 주인이 빈 수조를 채우려고 물범을 사서는 창살에다 '물범에게 먹이를 주지 마시오!'라는 표지판을 붙인 거야."

안드레이는 빌마를 어르며 물범이 헤엄치는 모습을 바라보았다. 갑자기 수염이 자란 주둥이가 물 위로 올라왔다. 안드레이는 물범이 땅으로 뛰어오르려는 줄 알고 하마터면 소리를 지를 뻔했다. 하지만 물범은 쌕쌕대며 숨을 쉬고는 다시 오락가락 빠르게 헤엄을 치기 시작했다. 갈 곳도 없는데 끊임없이 헤엄치는 모습이 지켜보기에 애처로웠다. 살아 있는 생명이 저렇게 숨 막힐 듯 아무 뜻 없이 움직이는 모습을 처음 보았다.

"물범이 바다를 기억할까?"

바다를 잊어버렸다면 마음이 덜 아플 텐데. 하지만 곰의 대답은 달랐다.

"당연히 기억하지. 물범의 마음에는 파도가 바위에 부딪쳐 넘실거리고 있거든. 바다는 물범이 태어나는 순간부터 물범을 소리쳐 부르지. 물범의 조상이 거기서 헤엄쳤고, 오늘도 친척이 거기서 헤엄친다고. 물범은 피와 뼈가 바다를 잊지 못하기 때문에 바다를 기억하는 거야. 저 바깥 어딘가, 바다와 바다 사이에는 빈자리가 있어. 물범이 거기에 없기 때문에 비어 있는 거지."

안드레이는 사람과 동물이 있어야 할 자리에 있지 않아서 세상이 벌집처럼 구멍이 숭숭 뚫려 있다는 말에 대해 곰곰이 생각해 봤다.

"난 바다를 본 적이 없는데."

안드레이가 혼잣말을 했다.

"그게 어떻게 생겼는지 몰라. 너는?"

안드레이가 곰에게 물었다.

"나도 몰라."

곰이 대답했다. 안드레이가 고개를 끄덕였다. 마린 삼촌은 알았을 거다. 안드레이는 빌마의 따뜻한 정수리에 볼을 갖다 댔다.

"산속에도 어디 빈자리가 있니?"

"당연하지. 내가 거기 없잖아."

안드레이는 창살 안쪽으로 구부정하니 서 있는 커다란 갈색 동물과 그 동물의 그루터기처럼 넓은 회색 주둥이와 마법사처럼 긴 발톱을 자세히 바라봤다. 털가죽이 돌바닥에 납작하게 눌려서 기름진 땅처럼 번들거리며 몸 곳곳에 달라붙어 있었다. 안드레이가 물었다.

"넌 어떻게 여기에 오게 됐니?"

곰은 숨을 들이마셨다가 한숨처럼 크게 내쉬었다.

"다 큰 곰을 잡아서 우리에 넣긴 힘들어. 굴에 사는 새끼 곰을 잡는 수밖에 없지. 하지만 그러려면 목숨을 걸고 젖먹이를 지키려는 어미 곰과 씨름해야만 해."

안드레이는 아무 말도 하지 않았다. 마지막으로 들었던 엄마 말이 떠올랐다.

'얘들아, 뛰어.'

그리고 안드레이는 엄마가 시키는 대로 했다. 달렸다. 꼿꼿이 서서 바람에 검은 머리를 흩날리며 안드레이를 찾던 엄마의 모습을 떠올리며 달렸다. 한참 시간이 흐른 뒤, 나무 사이를 기어서 돌아가 보았을 때, 엄마를 마지막으로 본 빈터에는 아무도 없었고, 다 타 버린 마차 뼈대와 군홧발 자국만 남아 있었다.

9. 법

그사이 토마스는 먹을 것을 쏟아 둔 잔디로 돌아와서 셔츠 앞자락을 보자기처럼 펼쳐 비스킷, 사과, 치즈를 차곡차곡 담았다. 잘 길든 라마가 토마스의 손바닥에 놓인 사과를 물어 올려 툭 튀어나온 이빨로 으드득 깨물자 사과즙이 흘렀다. 토마스는 캥거루가 무엇을 먹는지 몰랐다. 이 유대목 동물(캥거루처럼 육아낭에 새끼를 넣어 기르는 동물)도 뭘 먹어야 할지 모르는 것 같았다. 그래서 토마스가 비스킷 몇 개를 부숴 우리 안에 흩어 놓자, 캥거루가 한참을 조심스럽게 킁킁대다가 겅중 뛰어나와 야금야금 먹기 시작했다.

"조그만 게 재미있네."

토마스가 속삭였다. 토마스로서는 캥거루가 가장 마음에 들었다. 토마스는 이제 곰 우리로 다가가 창살 사이로 손을 넣어 돌바닥에 치즈를 내려놓았다.

"아마 나중에 배가 고플지도 몰라."

토마스가 옆걸음으로 형 가까이 다가가 소곤거렸다.

"독수리는 뭘 먹어, 형?"

"토끼."

늑대가 입가에 붙은 간 소시지를 핥으며 말했다.

"새끼 샤무아!"

원숭이가 말했다. 산딸기 잼이 묻어서 얼굴이 불긋불긋했다.

"독수리한테 직접 물어보는 게 어때?"

안드레이가 대꾸했다.

"대답 안 할걸."

곰이 귀띔해 주었다.

"왜? 말할 줄 몰라?"

토마스가 얼굴을 찡그리며 물었다.

"할 줄 모르는 게 아니라 안 하는 거야. 우리에 갇힌 새는 말하는 법이 없으니까. 무슨 할 말이 있겠어? 끝없이 파란 하늘이 머리 위에서 손짓하며 독수리를 큰 소리로 부르는데, 우리에 갇힌 독수리가 할 수 있는 건 '할 수 없어.'라는 말뿐이니까. 깃털 달린 영혼이 하기엔 너무나 가슴 아픈 말이지. 그래서 우리에 갇힌 새는 차라리 아무 말도 하지 않는 쪽을 선택한 거야."

"저 독수리는 알에서 깨어날 때부터 저 우리에 갇혀 살았어. 겨우 쥐만 했을 때가 생각난다. 작고 못생긴 몰골이었는데. 동물원 주인이 으깬 도마뱀을 숟가락으로 떠먹여 줬지. 저 독수리는 태어나 단 한 번도 하늘을 날아 본 적이 없어. 그런데도 그래 본 적이 없는 것을 마음에 품고 맥없이 사는 거지. 아주 바보 같은 새야."

라마가 혀로 얼굴을 꼼꼼하게 닦다 말고 말했다.

곰은 그 말에 아무 대꾸도 하지 않고 그저 밤하늘만 올려다보았다. 안드레이도 곰을 따라 밤하늘을 올려다보았다.

"보이니?"

곰이 물었다.

"보여."

안드레이가 대답했다. 별과 별 사이에 비어 있는, 독수리가 있어야 할 자리.

"치즈, 고마워."

곰이 말했다.

"독수리한테 햄 조각 좀 갖다 줘."

안드레이가 동생에게 말했다.

"물범한테는?"

"물범 걱정은 하지 마라. 저 물범은 배가 안 고프니까. 먹이 생각은 없을 거다. 바다에 있는 빈자리 말고는 아무 생각도 없다."

늑대가 엎드려 다리털을 고르느라 눈도 떼지 않고 말했다.

"그 빈자리를 채우고 싶다는 거지!"

원숭이가 시끄럽게 말했다.

"알리체."

캥거루가 나직이 불렀다.

안드레이가 칭얼대는 빌마의 머리를 쓰다듬어 주었다. 안드레이는 동그랗게 울타리 친 우리와 그 안에 갇혀 있는 동물들을 바라보았다. 마차에서 가족과 함께 살면서 가고 싶은 곳은 어디든지 돌아다니던 삶을 돌이켜 보았다. 아빠는 이렇게 이야기했다.

"세상이 다 네 집이란다, 안드레이. 우리 집시는 갓조(집시가 집시 아닌 사람을 얕잡아 보며 이르는 말)와 달라. 그 사람들은 집을 짓고, 땅을 갈고, 자기네 거라고 주장하며 울타리를 치거든. 우리 집시는 그런 사람들보다는 동물에 가깝다. 짐도 없지, 어디에 얽매이지 않고 자유롭지."

자유로운 것은 자랑스러운 것이었다. 그건 동물이 가진 것 가운데 사람이 부러워하고 존경하는 것이었다. 그렇지만…… 이 동물원 동물들은 자유롭지 못했다. 먼지가 이 동물들보다 자유로웠다. 물 위에 내려앉은 각다귀가 물속을 헤엄치는 물범보다 더 자유로웠다. 동물이 날 때부터 받은 위대한 선물 하나를 쇠창살이 빼앗아 간 것이다. 안드레이가 갑작스러운 좌절감과 괴로움을 느끼며 말했다.

"곰을 산에서, 독수리를 하늘에서, 원숭이를 정글에서, 물범을 바다에서 잡아 오는 건 옳지 않아. 풀도 없고 강물도 없고 나무도 없는 우리에 가두는 건 잘못된 거야. 아주 끔찍한 짓이야. 동물원 주인은 틀림없이 아주 나쁜 사람일 거야."

"그런 말 하지 마! 주인은 착해! 주인이 있을 때는 안 굶었어. 안 외로웠고. 혼란스러운 것도 없었다고. 우르릉이가 폭탄도 안 떨어뜨렸어. 주인이 떠난 뒤에 모든 게 나빠지기 시작했어. 그러니 틀림없이 주인은 착한 사람이야, 알겠어? 알겠느냐고, 이 멍청한 애송이야!"

라마가 헉 하고 숨을 쉬었다.

"주인은 나쁜 사람이 아니야. 그저 사람일 뿐이야, 독특한 방식으로 사는 사람이지. 너도 알다시피 너희 인간은 신비한 동물이야. 곰은 살기 위해 해야 하는 일을 하거든. 하지만 사람은 사는 데 필요가 없는 일을 많이 하더라."

곰이 맞장구를 쳤다.

안드레이는 군인들이 마차를 보고 빈터로 들어서던 날을 떠올렸다.

"그래, 그건 사실이야."

안드레이는 동물들에게 줄 물이 있었으면, 먹일 것이 더 있었으면 좋겠다고 생각하면서 온 동물원을 비추는 달빛을 바라보았다. 그리고 열쇠가 있었으면……. 한 우리는 아직도 죽음 같은 어둠과 침묵에 가려 있었다. 뭔가가 도사리고 있는 것 같은 침묵, 불길한 꿈을 꾸고 난 뒤 같은 어둠. 안드레이가 물었다.

"멧돼지는 어떨까? 배가 고플까? 비스킷을 먹을까? 우리에 있기는 한 거야? 아니면 숲 속 빈자리를 채우러 가 버린 거야?"

"알 게 뭐야? 멧돼지에 대해 누가 뭣 좀 알아?"

샤무아가 물었다.

"멧돼지는 사람만큼이나 수수께끼 같아."

곰이 말했다.

"찾아봐. 우리에 손 넣고 찾아봐!"

원숭이가 말했다.

"어린 돼지 냄새가 난다. 엄니가 가까이 있다……."

늑대가 코를 들어 올렸다.

"찾아봐!"

원숭이가 신 난다는 듯 날뛰었다.

"……하지만 멧돼지는 폭격이 시작되기 전부터 꽤 오랫동안 조용히 있었다. 폭격 맞을 걸 알기라도 한 것처럼, 그래서 그 기습을 망치고 싶지 않았던 것처럼 말이다. 멧돼지는 늘 그런 식이었다."

"우리 밖으로 나가는 길을 찾으려고 그런 게 아니라, 땅속에 묻힌 도토리 같은 보물을 비밀로 하려고 그런 거야. 기분 나쁘고 쩨쩨한 돼지야, 저 녀석은."

샤무아가 덧붙여 말했다.

"새끼 돼지일 때는 마음에 쏙 들었는데. 얼마나 사랑스러웠는지 기억하지? 하지만 커서는 재미없어졌어. 성내고, 성내고, 더 성내고, 늘 코를 벌름거리며 킁킁대고 창살에 부딪치기만 했잖아."

라마가 말했다.

"난 멧돼지가 창살을 물어뜯고 달아나도 절대 안 놀랄 거야. 늘 그렇게 미친 듯이 날뛰니까."

샤무아가 멧돼지 이야기를 마무리했다.

형제는 수상쩍은 눈길로 멧돼지 우리에 웅크리고 있는 어둠을 똑바로 바라보았다. 안드레이는 마린 삼촌이 산에 사는 돼지가 얼마나 약삭빠른지, 엄니가 보기와 달리 얼마나 위험한지 이야기해 준 것이 생각났다. 엄니로 사냥개를 갈가리 찢어 놓을 수 있고 뼈가 보일 만큼 사람의 넓적다리를 물 수 있었다. 안드레이는 눈을 감고 생각을 모았다. 마린 삼촌이 멧돼지는 영리하면서도 사납다고 말했지만, 우리 문을 열고 빠져나갈 수 있을 만큼 똑똑하고 쇠를 자를 수 있을 만큼 사납다는 말에도 동의할까? 안드레이는 삼촌을 생각했다. 마린 삼촌. 안드레이가 눈을 뜨고 무뚝뚝한 목소리로 말했다.

"우리를 놀리는 거구나."

동물들은 대답하지 않았다.

샤무아는 꼬리를 까닥까닥 흔들었고, 라마는 입술을 세게 맞부딪쳤다. 늑대는 목을 앞으로 길게 빼고는 간 소시지가 있던 돌에 코를 대고 킁킁거렸다.

"어…… 어…… 어디에 있을까? 멧돼지가 탈출했다면, 어디에 있는 거지?"

토마스가 더듬거리며 물었다.

"우리 밖에."

라마가 대답했다.

"저 멧돼지는 폭탄을 좋아해."

캥거루가 말했다.

"그리고 나머진 다 싫어하지."

샤무아가 말했다.

"특히 남자아이를 싫어한다."

늑대가 말했다.

안드레이는 턱을 치켜들며 말했다.

"탈출한 게 아니야. 탈출할 수 없어. 동물원 주인이 떠나갈 때 멧돼지가 우리에 있었다면, 그리고 그 뒤로 아무도 우리를 열지 않았다면, 그렇다면 멧돼지는 우리에 있는 거야.

우리를 놀리는 거야, 토마스."

"그래, 놀리는 거야."

토마스가 웃으며 대꾸했다.

"멧돼지한테 비스킷 남은 것 좀 갖다 줘 봐."

"응. 비스킷 좋아할 거야."

토마스가 맞장구쳤다. 하지만 토마스는 형의 소매를 끌어당기며 중얼거리듯 말했다.

"같이 갈래?"

암사자는 머리를 들고 형제가 잔디밭을 가로지르는 것을 지켜봤다. 형제는 단풍나무 가지 밑을 통과해 벤치와 인어 조각상을 지나, 배낭에서 쏟아 놓은 물건 더미를 스쳐 갔다. 멧돼지 우리에 다가가자 그림자가 진 뚜렷한 창살과 KANEC 라고 쓴 이름패가 보였다. 안드레이는 동물들이 저희를 놀리고 있고 앞뒤를 따져 봐도 멧돼지가 풀려날 수 없다는 것을 알았다. 하지만 안드레이의 확신은 몇 달 동안 웅덩이에 빠져 있던 나뭇가지처럼 갑자기 기분 나쁘고 축축한 정체를 드러냈다. 안드레이는 여전히 달빛을 받으며 가다 멈춰 섰다. 갑자기 확신이 사라졌다.

"우리에 멧돼지가 있으니까 있다고 이름패에 쓴 거잖아."

토마스가 속삭였지만, 안드레이는 그 말이 어린아이의 논리에 지나지 않으며 믿기 힘든 말이라는 것을 알았다. 또한 아빠와 삼촌이라면 안드레이가 어떻게 하기를 바랐을지 알고 있었고, 모든 동물이 안드레이가 어떻게 할지 기대에 차서 지켜보고 있다는 것도 알았다. 안드레이는 토마스에게 여기 있으라고 이야기해야 하고, 어둠 속으로 혼자 용감하게 앞장서 가야 했다. 왜냐하면 강한 사람은 약한 사람을 보호할 의무가 있으며, 그것이 자연의 법칙이고 정의이기 때문이다. 그리고 그 순간 안드레이는 침략군과 그 지도자가 이 법칙을 따르지 않았고, 따라서 그들이 이룬 어떠한 승리도 오래가지 못할 것임을 알았다. 자연의 법칙은 거꾸로 흐르지 않기 때문이다. 안드레이는 알리체가 여기 있어서, 뜻밖에 알게 된 이 피할 수 없는 진리를, 그러니까 침략군은 전쟁에서 이길 수 없다는 것, 알리체는 기차를 날려 버릴 필요가 없었다는 것, 동물들을 두고 떠날 필요가 없었다는 것을 얘기해 줄 수 있으면 좋겠다고 생각했다. 자연은 늘 그래 왔고 앞으로도 변함없을 것이기에 알리체는 그저 자연이 스스로 제자리를 찾아가기만 기다리면 됐던 것이다. 안드레이는 빌마를 숄로 단단히 여민 다음 토마스의 품에 안겨 주고, 구겨진 종이 봉지 안에 든 비스킷을 건네받았다.

"여기 밝은 데 있어."

안드레이가 명령조로 말했다. 그리고 고개를 숙이고 속삭였다.

"만일 무슨 일이 생기면, 달아나. 형을 구하려고 애쓰지 말고. 빌마를 꼭 안고, 달아나."

그러고 나서 토마스가 대답도 하기 전에 안드레이는 어둠을 향해 발을 내딛고 멧돼지 우리로 걸어갔다.

우리에 깃든 어둠을 더듬어 보았지만 서로 겹치는 창살 그림자와 창살 사이로 날아든 나뭇잎 몇 장을 빼고는 아무것도 보이지 않았다. 거인 트롤도 숨을 수 있을 만큼 어두웠다. 안드레이는 귀를 기울였지만 아무 소리도 들리지 않았다. 꿀꿀대는 소리도, 종종걸음 치는 발굽 소리도 안 들렸다. 누구도 알지 못할 만큼 조용했다.

"멧돼지야?"

안드레이가 말했다. 우리에선 아주 지독한 돼지 냄새가 났지만 그게 멧돼지가 우리에 있다는 것을 뜻하는 건 아니었다. 안드레이 발치에 웅크리고 있다가 면도날 같은 엄니로 위협할지도 몰랐다. 가슴이 쿵쿵 뛰었다. "마린 삼촌." 하고 불러 보았지만 허전함만 느꼈다. 마을 사람들이 사자를 내놓은 뒤 알게 된 것처럼 작정하고 달려드는 적을 달래기란 힘들다는 사실을 떠올렸다. 그래도 안드레이는 그 자리를 지키고 서 있었다.

"배고플까 봐 비스킷 좀 가져왔어."

안드레이가 눈에 보이지 않는 동물에게 알렸다. 먹을 것을 바닥에 내려놓기 위해 창살 사이로 손을 집어넣자 피가 부글부글 끓었다. 소매 끝으로 나온 손목은 가늘고 금방이라도 부러질 것 같았다. 안드레이는 팔을 빼내면서 손가락에 묻은 부스러기를 닦았다.

"좋아했으면 좋겠어."

안드레이는 여전히 컴컴한 어둠에 대고 말했다. 그러고는 겁먹은 것처럼 보이지 않기 위해 허둥거리지 않고 재빨리 반가운 달빛이 비치는 데로 물러섰다. 토마스가 빌마를 꼭 껴안고서 형 옆으로 서둘러 다가왔다.

아무 탈 없이 달빛을 받으며 안드레이는 승리의 기쁨을 만끽했다.

"내가 말했잖아. 다 괜찮을 거라고 그랬지!"

아빠가 여기 있어서 용감한 안드레이를 지켜보고, 엄마가 착하다고 칭찬해 주면 좋을 것 같았다. 안드레이는 다시 한 번 멧돼지가 우리에 있다고 확신했지만, 무서웠던 순간을 되풀이하고 싶은 마음은 없었다. 토마스가 말했다.

"독수리와 암사자가 아직 밥을 못 먹었어."

안드레이는 기쁜 마음으로 잔디밭을 가로질러서 멧돼지가 무서워할 암사자가 사는 우리 쪽으로 갔다.

마른행주를 벗겨 내자 햄에서 역겨운 냄새가 훅 끼쳤다. 안드레이는 힘줄이 많은 분홍색 고기를 한 줌 떼어 내어 독수

리 우리 안으로 넣어 주었다. 커다란 적갈색 새가 횃대에서
내려와 딸깍딸깍 발톱으로 돌바닥을 디디며 겁도 없이 걸어
왔다. 근엄하게 생긴 머리는 푸줏간에 걸린 갈고리 같았고,
날개는 몸 양쪽에 달린 무거운 안장 같았다. 복잡한 모자이크
무늬 깃털과 진한 버터처럼 노란 다리와 부리, 생명력 넘치는
선홍색 눈이 보였다.

"아름다운 새야, 말 좀 안 할래?"

토마스가 말을 걸었지만, 독수리는 대답하지 않았다.

마지막으로 형제는 암사자 우리로 다가갔다. 토마스가 빌
마를 안고, 안드레이는 햄 뼈다귀를 들고 갔다. 암사자는 창
살 앞으로 달려와 조바심치고 으르렁대면서 앞발을 휘둘렀
다. 안드레이가 창살 사이로 뼈가 달린 햄을 조금 밀어 넣어
주자 암사자는 허연 이빨로 뼈를 물고 안쪽으로 홱 잡아당겼
다. 안드레이는 팔을 빼내면서 눈사태나 태풍과 맞먹는 암사
자의 힘을 느꼈다. 암사자는 순식간에 햄을 먹어 치우고 앞니
로 뼈에 붙은 살을 갉아 먹더니 발 사이로 뼈를 꽉 잡은 다음
힘들이지 않고 뼈까지 먹었다. 뼈에 금이 가면서 무시무시하
게 쪼개졌다. 먹을 것이 남김없이 사라지자 암사자는 돌바닥
에 엎드려 이빨을 핥으며 아이들을 자세히 바라봤다. 특히 빌
마를 똑바로 쳐다봤다. 한참을 핥으며 자세히 보던 암사자가
물었다.

"젖먹이는 따뜻하니?"

안드레이는 빌마를 힐끗 보았다. 숄은 양털로 짠 것이고, 밤은 그렇게 춥지 않았다.

"그런 것 같아."

"핏기가 없어 보인다. 가까이 데려와 봐. 한번 보게."

암사자가 말했다.

안드레이는 토마스의 품에 있던 빌마를 안아 들고 앞으로 가서 창살 쪽으로 받쳐 들었다. 반쯤 잠든 빌마는 숄에 싸인 애벌레처럼 꼼지락거렸다. 암사자가 올려다보았다. 그러더니 눈 깜짝할 사이에 발을 딛고 일어서서 창살 쪽으로 재빨리 다가왔다. 안드레이가 빌마를 와락 안고 뒤로 물러섰지만 암사자는 마음이 상한 것처럼 보이지는 않았다. 암사자가 말했다.

"그래, 그래야지. 아기를 꼭 안고 있어야지. 네 체온으로 아기가 따뜻할 테니까."

안드레이는 놀라서 가슴이 쾅쾅 뛰었다. 무슨 말을 해야 할지 몰랐다. 안드레이가 가까스로 대답했다.

"그건 나도 알아. 엄마가 이야기해 줬어."

"엄마라고? 엄마가 기억나?"

안드레이는 살며시 고개를 끄덕였다.

"응. 우리는 엄마를 기억해."

"우리 새끼들은 너희만큼 자라고 나면 나를 기억하지 못

할 거야."

안드레이 뒤로 움츠리고 있던 토마스가 앞으로 나와 쭈뼛 거리며 말했다.

"전쟁 때문에 수사자와 새끼 사자들이 떠나서 나도 슬퍼."

암사자가 토마스 쪽으로 눈길을 돌렸다. 암사자 머리가 마치 태양처럼 거대했다. 길고 호리호리한 몸은 강물처럼 굽이지고 튼튼했다.

"너희 전쟁 때문이지."

암사자가 말했다.

"우리 전쟁이 아니야. 갓조의 전쟁이야."

안드레이가 재빨리 말했다.

"전쟁 때문에 슬퍼."

토마스가 말했다.

암사자는 라임 같은 눈을 껌벅거리다 다시 빌마에게 눈길을 돌렸다.

"집시 아이 셋이 외로이 밤길을 다니고 있구나. 너희도 가족을 잃어버린 모양이다."

암사자가 생각에 잠겨 말했다.

토마스는 떨리는 숨을 들이마시고 다시 말했다.

"슬퍼."

10. 연

안드레이가 똑똑히 기억하는 것은 새빨간 연이었다. 누군가 축제 행사에 가져온 것이었다. 비록 아래쪽 빈터에선 바람한 점 들지 않아 아낙네들이 요리할 불을 세게 지피기 위해앞치마를 펄럭여야 했지만, 연은 오후 내내 나무 위로 휙휙소리를 내며 날아올랐다. 안드레이는 아이들과 함께 축구를하고 있었는데, 아이들 대부분은 서로 사촌이거나 이렇게 저렇게 맺어진 친척이었다. 그날은 날씨가 기분 좋게 따뜻해서아이들은 셔츠를 벗고 뛰놀았고, 그런 야단법석 통에 구릿빛으로 그을린 가슴이 풀과 흙먼지에 긁혀 생채기가 나기 시작했다. 안드레이는 숨을 고르려고 멈출 때마다 고개를 들어 연을 찾았다. 몸통은 선명한 빨간색이었고 꼬리는 한 가닥 하얀깃털이었다. 안드레이는 사촌 미라벨라가 위아래로 날리는연을 들고 동그라미를 그리며 달리던 모습과 다른 어린아이들이 연을 날리게 해 달라고 졸라 대며 그 뒤를 따라 달리던 모습을 기억했다. 토마스는 거기에 끼지 않았고, 축구도 하지 않았다. 토마스는 낯을 가려서 모임이 있을 때마다 엄마 옆에 붙어 있는 편이었다.

안드레이는 마린 삼촌과 다른 아저씨들도 같이 축구를 했으면 하고 바랐다. 어른들이 같이 뛰면 축구가 늘 더 재미있었다. 어른들은 축구밖에 모를 만큼 공을 찼고, 공 차는 솜씨도 뛰어났다. 골을 넣으면 옆으로 재주를 넘고 환호성을 지르며 주위를 달렸다. 어떤 애들은 축구를 하면서 심각해지는데, 어른들은 그러지 않았다. 하지만 그날 오후에는 어른들이 말 주위에 모여 서서 그늘진 얼굴로 우울하게 얘기하고 있었다.

그날은 검은 사라 축일이었다. 검은 사라는 집시의 수호성인이다. 수호성인이 되었다는 것은 사라가 다른 어떤 성인보다 집시의 기도를 더 잘 들어준다는 뜻이었다. 성인에게 직접 기원하면 기도가 더 잘 이루어졌다. 그날 안드레이는 축구에서 이기기를 바랐다. 안드레이는 색칠한 구슬로 목걸이를 만들어 마을을 지날 때마다 팔려고 했지만, 요즘엔 다들 목걸이가 필요 없는 모양이었고, 게다가 집시 소년이 물건 팔러 다니는 것을 못마땅하게 여기는 것 같았다. 안드레이는 기도를 하지 않고는 결코 골을 넣지 못할 것 같았다.

옛날부터 성 사라를 기념하는 행사는 늘 떠들썩했다. 성 사라의 기적 같은 바다 여행에 경의를 표하기 위해 검은 얼굴의 성 사라 조각상을 물에 담근 다음, 지난해 베풀어 준 은혜, 즉 절룩거리던 망아지가 건강을 찾고, 어느 집 아낙이 쌍둥이를 낳고, 못생긴 손자가 마침내 결혼한 일에 대해 진심 어린 감사의 기도를 드리며 축일을 기념했다. 대부분은 지난 축일 이후 처음으로 만나는 거였다. 태어남과 죽음에 대한 소식, 강도 사건이나 키스에 대한 소문과 길에서 겪은, 머리카락이 쭈뼛 솟는 모험 이야기까지 즐겁게 풀어 놓았다. 손으로 만든 물건을 서로 견주어 보고, 아기를 선보이고, 동전을 건네주며 주사위를 굴렸다. 어른들은 늘어선 말을 날카로운 눈으로 평가하거나 가락을 맞춰 기타와 바이올린을 켰다. 포도주 통을 열었고, 폴짝폴짝 뛰는 양과 닭을 잡아서 쇠꼬챙이에 꽂아 구웠다. 예전 같았으면, 빈터에는 맛있는 냄새가 퍼지고 모두 행복했을 거다.

하지만 그날, 새빨간 연이 날아다니던 그날은 지난 모임과 달랐다. 겉보기에는 모든 게 평소와 다름없는 듯했다. 새롭게 칠한 마차가 빈터 끝 자작나무 밑에 서 있었고, 마차를 끄는 말은 달아나지 못하게 다리에 끈을 묶은 채 놓아주자 풀밭을 쿵쿵 걸어 다녔으며, 모닥불이 타올랐고, 양이 구워졌으며, 아이들이 뛰어다녔고, 음악이 흘렀다. 하지만 플루트와 바이올린 소리가 평소보다 힘없이 울렸으며, 아내와 함께 신

나게 빙빙 돌며 춤추는 남편도 없었고, 형형색색의 치마와 윗도리와 스카프를 걸친 채 팔짱을 끼고 함께 빙빙 도는 여인도 없었다. 그 대신 여자들은 찻잎으로 점을 치거나 손금을 보며 조용히 의논했고, 남자들은 아이들 축구에 끼어들기보다는 여행하면서 보고 들은 것을 서로 맞추어 보는 일에 더 관심을 보였다. 화창하던 날이 눈에 뒤덮이기라도 한 것처럼, 모두 숨죽이고 있는 것 같았다.

안드레이는 왜 그런지 알고 있었다.

군인과 군용 트럭이 길에 처음 나타났을 때, 아빠가 안드레이에게 걱정하지 말라며 이야기해 주었다.

"이건 갓조의 전쟁이야, 안드레이. 우리 집시와는 관계없어. 싸우고 싶은 갓조끼리 서로 싸우도록 내버려 둬. 그 여파가 우리한테 미치진 않을 테니까."

아빠 말이 옳았다. 이건 집시의 전쟁이 아니었다. 하지만 동시에 틀린 말이기도 했다. 전쟁은 모두에게 영향을 미쳤다. 갓조든 아니든. 전쟁은 바퀴벌레처럼 냄새를 맡으며 가장 구석진 곳까지 들어가 도사리고 있다가, 엄청난 폭풍처럼 널리 널리 퍼져 나가며 대지를 암흑으로 물들였다. 전쟁이 핥고 지나간 자리는 모두 더러워졌고 평범했던 것은 제 모습을 잃어갔다. 삶은 어려워졌고 때로는 위험했다. 안드레이는 어디를 가든 불안을 느꼈다.

그리고 그렇게 화창한 오후, 성인 축일을 맞아 빈터에서 잔치를 벌이는 친척 모임에, 그날의 쾌활함을 제물로 삼으며 전쟁이 들이닥쳤다. 집시는 어느 쪽에도 충성할 의무가 없었고, 전쟁이 일어난 이유와 아무 관계도 없는 데다, 군사 충돌에 말려들고 싶지도 않았다. 하지만 이제 밖은 위험한 세상이 되어 도로를 다니기에 조금 위태로웠고, 뚱한 사람이 더 자주 눈에 띄었으며, 등나무로 짠 물건을 팔거나 점을 치거나 편자를 박아 돈을 벌던 일이 훨씬 줄어들어 살기가 팍팍해졌다. 축일을 미루자는 이야기까지 나오기도 했지만, 그러면 집시가 갓조 앞에 무릎을 꿇은 것으로 보일 것이다. 그리고 아무도 그렇게 하겠다는 생각을 하지 않아서 그날은 계획대로 모였다. 하지만 누구도 모든 일이 옛날과 다름을 굳이 숨기지 않아서, 안드레이는 검은 사라에게 축구에서 이기기보다 전쟁이 끝나기를 바라야 했던 게 아닌지 걱정했다. 하지만 전쟁이 곧 끝날 거라는 어른들 말에, 그런 기도가 쓸데없어 보였다.

안드레이는 그날 다른 아이들과 마찬가지로 빈터를 돌아다니면서, 그동안 눈과 마음으로 보긴 했어도 세상이 크게 나빠지지는 않을 거라고 생각했다. 어른들 성가시지 않게 주는 대로 먹고 얌전하게 굴면 다 잘될 거라고 애써 믿었다.

안드레이가 기억하기에 평화롭고 평범했던 마지막 순간은 사촌 형 니홀라에가 축구공을 세게 높이 찬 일이었다. 니홀라에는 안드레이가 지금껏 본 사람들 가운데 가장 축구를 잘했다. 니홀라에의 공 차는 재주는 천 조각처럼 한쪽 눈을 덮은 보라색 반점같이 타고난 것이었다. 으스대지는 않았지만 정말 소질이 있었다. 니홀라에는 뺏으려고 다가오는 안드레이를 따돌리고 공을 발끝으로 잡더니 곧바로 안드레이의 머리 위로 멋지게 차 버렸다. 안드레이는 하늘로 날아가는 공을 따라가다가 칼에 베인 상처처럼 뚜렷한 빨간색 연을 보며 '잘난 체하기는.' 하고 혼자 생각했던 것을 기억하고 있다. 하지만 엄마는 하느님이 얼룩무늬 반점을 준 게 미안해서 그런 재주를 준 거라고 말했다. 그래서 안드레이는 엄마 말을 생각하면서 가끔씩 우쭐거리는 형을 그리 못마땅하게 여기지는 않았다.

축구공은 총알처럼 날아서 빈터를 둘러싼 깊은 숲 속으로 사라졌다. 축구를 잠시 쉬었다. 숲 쪽에 가장 가까이 있던 안드레이가 소리쳤다.

"내가 가져올게!"

자작나무가 빽빽하게 자라는 숲이었다. 나무줄기와 가지는 희고 가늘었으며 나뭇잎은 빛나는 초록색이었지만 자작나무 숲은 늘 더 빽빽하고 낯설어 보였다. 공기는 차가웠고, 고인 채로 썩어 가는 냄새가 났으며, 까맣고 미끄러운 흙이 신발 밑창에 달라붙었다. 안드레이는 나무줄기와 줄기 사이를 조심스럽게 걸었다. 차가운 기운에 팔의 솜털이 쭈뼛 곤두섰다. 축구공을 찾아 숲 전체를 훑었지만 어디에 떨어졌는지 보이지 않았다. 안드레이는 고개를 갸웃거리며 더 깊이 들어갔다. 사방에서 뾰족하니 큰 나무가 공을 찾아 헤매는 안드레이를 수척한 구경꾼처럼 내려다보았다. 땅은 공이 멀리 굴러가기에는 너무 질퍽했고 나무는 공이 멀리 튀기에는 너무 빼곡했지만, 공은 도무지 보이지 않았다.

안드레이가 찾은 건 토마스였다. 토마스는 이끼 긴 바위에 책상다리를 하고 앉아 무릎에 빌마를 누이고 우유를 먹이고 있었다.

"저 위에 있어."

토마스가 팔을 위로 뻗어 가지 사이에 걸린 축구공을 가리켰다.

"올라가야 할 거야."

"여기서 뭐 해?"

안드레이는 알면서도 눈살을 찌푸리며 물었다. 토마스는 여느 때처럼 무뚝뚝하고 부루퉁했다. 식구들과 함께 있을 때면 토마스는 앵무새처럼 곧잘 떠들었다. 하지만 낯선 얼굴을 보면 달팽이처럼 움츠러들었다.

토마스는 제 결점을 알았으며 그것을 애써 감추려 들지도 않았다.

"엄마가 아기 데리고 나가 있으래. 성가시게 하지 말고."

"흠."

안드레이는 손가락처럼 떨어지지 않고 찰싹 달라붙는 아들을 엄마가 얼마나 성가시게 여겼을지 상상이 됐다. 엄마가 전쟁에 대해 걱정하고 있다는 것은 알고 있었다. 잠자리에 들었을 때, 엄마와 아빠가 마차 발판널에서 나누는 이야기를 들었던 것이다. 엄마가 떨리는 목소리로 애원했다. 엄마는 어디 먼 곳으로 가고 싶어 했다. 어딘가 전쟁과 상관없는 아주 작은 마을이 있을 거라면서. 아빠는 못마땅한 말투로 오직 갓조만이 갓조의 전쟁을 피해 달아나야 한다고 말했다.

"같이 가서 축구하자. 니홀라에 형이 얼마나 축구를 잘하는데."

안드레이가 토마스에게 말했다.

토마스는 안드레이가 예상했던 대로 슬픔에 가득 찬 얼굴로 고개를 가로저었다.

"나한텐 아무도 공을 안 줘. 기회도 안 주고."

"네가 기회를 만들어야지, 토마스, 기회는 주어지는 게 아니야……."

"하기 싫어."

토마스가 입을 꾹 다물었다.

안드레이는 한숨을 쉬며 남동생과 젖먹이 여동생을 자세

히 들여다보았다. 빌마는 잠들어 있었다. 하얀 얼굴 위로 돛처럼 생긴 아주 작은 벌레가 기어가고 있었다.

"그래도 숲에선 나가자. 바보 같잖아."

"싫어. 난 여기 있을 거야."

"하지만 여긴 추워. 여기 앉아 있으면 빌마가 병에 걸릴지도 몰라."

토마스는 빌마 볼을 기어 다니는 돛 모양의 벌레를 쫓아 버렸다. 빌마를 제대로 보지 않으면 엄마한테 얼마나 혼날지 깨달은 모양이었다.

"알았어."

토마스가 오톨도톨 바위 자국이 생긴 다리를 풀었다.

"나무에서 공 내리는 거 도와줄게."

그제야 안드레이는 뭔가를 알아챘다. 꽤 긴 시간 동안 숲속을 돌아다녔는데도, 서두르라고 소리치는 사람도 없었고, 같이 공을 찾으려고 따라온 사람도 없었다. 어깨 너머로 빈터쪽을 바라보았다. 저 뒤 조용함보다는 공도 제대로 못 찾느냐고 야단맞는 게 차라리 낫겠다는 이상한 느낌이 들었다.

"무슨 일이야?"

토마스가 곧바로 낮은 소리로 물었다.

안드레이는 고개를 쭉 뺐다.

"무슨 소리 들려?"

토마스는 귀를 기울이더니 말했다.

"나뭇잎 소리만."

안드레이는 나중에야 그때 머릿속을 스쳤던 어린애 같은 생각을 떠올렸다. 친족이 다 같이 먹을 것과 기구와 검은 사라 조각상을 챙긴 다음, 말을 몰아 소리 없이 떠나 버렸다는 생각 말이다. 그러나 다음 순간 그것은 한낱 악몽에 지나지 않는다는 것을 깨달았고, 그래서 빈터를 향해 정신없이 달리지는 않았다. 안드레이는 걸었고, 토마스는 빌마를 안고 그 뒤를 따랐다. 자작나무 숲에 깔린 눅눅한 땅이 발걸음 소리를 빨아들였다.

"공은 어떻게 해?"

토마스가 묻자 안드레이가 대답했다.

"쉬."

안드레이는 온갖 상상을 다 했지만, 숲 끝에 이르렀을 때 그런 장면을 보게 될 줄은 꿈에도 몰랐다. 무엇을 예상했는지는 몰라도, 그것은 색다르지도 않고 아무것도 아닌 그저 그런 것이었을 거다. 하지만 거기에 무엇이 있을지는 예상하지 못했다. 안드레이는 마지막 나무를 지나 빈터로 들어서려다 놀란 고양이처럼 휙 뒤로 물러섰다.

"무슨 일이야?"

토마스가 말하자 안드레이가 냉큼 토마스 입을 손으로 꽉 막았다. 토마스가 까만 눈동자를 굴려 형을 올려다보았다. 안드레이는 입을 꼭 다물어야 한다는 사실을 토마스가 알아차리자 그제야 손을 풀었다.

둘은 거미처럼 조용히 그늘에 숨어서 몸을 앞으로 숙이고 숲 저편을 건너다보았다.

친족은 음식 준비를 마친 풀밭에 모여 있었다. 어른들은 어중이떠중이처럼 줄을 서 있었다. 축구를 하던 남자아이들과 연을 날리던 어린아이들 모두 겁먹은 듯 서로 손을 꼭 잡은 채 무리를 지어 어른들 가까이에 서 있었다. 마름모꼴의 선명한 빨간색 가오리연이 축구장 한가운데에 납작 누워서 잠깐 안드레이의 눈길을 끌었다.

불가에 서서 양 구이를 집어 든 것은 탁한 군복을 입은 침략군이었다. 안드레이가 세어 보니 일곱 명이었다. 다른 군인보다 나이가 들고 계급이 높아 보이는 군인이 말을 하고 있었지만 목소리가 너무 작아서 알아들을 수는 없었다. 안드레이는 토마스를 힐끗 쳐다보며 입술에 손가락을 댄 다음 그 자리에 가만히 있으라고 손짓했다. 토마스는 빌마를 껴안고 새끼 여우처럼 잔뜩 웅크렸다.

안드레이는 숲 그늘을 벗어나지 않은 채 빈터로 가까이 갔다. 사람들이 서 있는 곳에 가까워지자 계급 높은 군인의 목소리가 들렸다. 그 군인은 나뭇조각이 날아가는 소리처럼 들리는 침략국 말을 쓰고 있었다. 안드레이도 알아듣지 못했지만, 엄마 아빠와 마린 삼촌, 아마 친족 중 어느 누구도 알아듣지 못했을 거다. 그 군인이 제가 한 말을 이해시키려고 팔을 흔드는 것을 보아하니, 군인들도 틀림없이 그것을 알고 있을 터였다. 손을 겨드랑이에 넣고는 팔꿈치를 날개처럼 펄럭였다.

"크레엔!"(이하 군인의 말은 모두 독일어다.)

그 군인이 말하자 다른 군인들이 웃었다.

"깍, 깍! 크레엔!"

까마귀. 그것은 집시를 놀리는 말이었다. 집시는 거리에서, 시장 광장에서 날마다 그 소리를 들었다. 어른들은 발을 이리저리 움직이며 아무 말도 하지 않았다. 무리 지어 선 아이들은 부모를 번갈아 바라보며 마음을 졸였다. 클레멘티나라는 어린아이가 어쩔 줄 몰라 소리치며 뛰쳐나오더니 제 엄마한테 달려갔다. 군인이 빙그르르 돌아 여자아이를 아이들 사이로 밀쳤다.

"니히트 바이넨! 슈테엔 슈틸!"(뚝 그쳐! 조용히 있어!)

힘센 군인이 명령했다. 도끼로 나무를 찍는 것 같은 목소리였다.

그러자 클레멘티나와 키가 비슷한 미라벨라가 저보다 어린 클레멘티나를 안아 주며 말했다.

"쉬, 쉬, 착하지."

안드레이는 움푹 꺼진 구덩이에 옹송그린 채 소름 끼치는 두려움을 느꼈다. 아빠는 이건 집시의 전쟁이 아니라고 말했다. 그런데도 군인은 군화에 철모 차림으로 친족에게 이래라 저래라 큰 소리로 명령하면서 여기 있다. 저마다 소총을 들고 있었고 권총집에는 권총이 들어 있었다. 안드레이는 엄마 아빠를 찾으려 친족을 훑어보다가 둘이 줄 끝에 서 있는 모습을 보았다. 그 옆에는 날씬하고 생각이 깊고 젊은, 안드레이가 알던 것보다 훨씬 어려 보이는 마린 삼촌이 함께 서 있었다. 삼촌은 겁내는 것 같진 않았지만, 틀림없이 겁이 났을 것이다. 한 번도 흔들리는 모습을 보이지 않던 아빠마저도 조금은 두려울 게 분명했다. 몇몇 여자가 중얼거리며 기도하기 시작했지만, 군인이 "루이히!"(조용!)라고 말하자 가만있었다.

엄마는 앞치마에 젖은 손을 닦은 자국이 보일 만큼 아주 가까이 있었다. 아주 가까워서 안드레이가 큰 소리로 말하면 엄마한테 들릴지도 몰랐다. 군인들은 양 구이에 흥미를 잃고 검은 군화 끝으로 물건을 툭툭 차면서 캠프 자리를 돌아보았다. 군인 가운데 하나가 검은 사라 조각상을 발견하고는 다른 사람들이 볼 수 있게 목을 잡고 높이 들었다.

"헤슬리히 비 디 쥔데!"(생기다 말았네!)

그 군인의 말에 다른 군인들이 낄낄대며 웃었다. 한 군인은 성 사라가 원숭이라도 되는 양 끽끽거리는 소리를 냈다. 조각상을 든 군인이 조각상 입술에 쪽 소리를 내며 키스를 했다. 그러더니 가까이 있는 불로 성큼성큼 걸어가서 조각상을 불길 속에 던져 버렸다.

성 사라를 무척 좋아하는 에밀리에 할머니가 고함을 치며 총알처럼 앞으로 튀어 나갔다. 힘센 군인이 무자비하게 치자 할머니가 돌멩이처럼 픽 쓰러졌다. 할머니가 바닥에 부딪히면서 피가 튀었다. 누군가 소리를 질렀다. 에밀리에 할머니의 아들, 미키였다. 미키가 줄에서 뛰쳐나왔다. 군인이 뱀처럼 재빠르게 권총을 꺼내 미키의 이마를 쏘았다.

총소리가 빈터를 가로질러 울려 퍼졌다. 잠깐 동안 이 유령 같은 총소리 말고는 아무 소리도 들리지 않았다. 방금 벌어진 일에 대한 공포는 끊어진 다리가 출렁거리듯 친족 사이에서 요동쳤다. 움푹 꺼진 구덩이에 있던 안드레이는 손으로 입을 막았다.

마차 주위에 다리가 묶여 있던 말들이 두려움에 힝힝 울며 뒷걸음쳤다. 몇몇 아이들이 꺅 소리를 지르기 시작했다. 어른들은 돌풍을 맞은 것처럼 비틀거렸고, 가슴에 십자 성호를 긋고 눈을 감았다. 군인들이 고함을 질렀다.

"나인! 니히트 슈프레흔! 슈테엔 슈틸!"(안 돼! 말하지 마! 조용히 있어!)

미키는 잡초에 엎어져 있었다. 에밀리에 할머니가 신음 소리를 내며 아들 미키를 움켜잡고 옷깃을 당겼다. 누군가 할머니를 도우러 나섰지만 힘센 군인이 "나인!" 하고 소리치자 우뚝 멈췄다.

어른들은 아이들을 향해 아무 말 말고 얌전히 있으라고 눈짓으로 애원했다. 아이들은 양처럼 다닥다닥 붙어 있었다. 누가 흐느끼자 그중에 좀 큰 아이가 어떻게 해야 하는지 알아차리고 우는 아이를 달랬다. 안드레이는 아이들 사이에서 이레나 누나의 손목을 잡고 있는 니홀라에를 보았다. 맨발은 흙투성이였고 검은 머리는 뻐죽뻐죽 먼지투성이였다. 오른쪽 귀에는 니홀라에가 아주 자랑스러워하는 굵직한 고리 모양 귀고리가 달려 있었다. 안드레이는 엄마를 바라보았다. 엄마는 모여 선 아이들을 보고 있었다. 초록 눈으로 아이들 얼굴을 하나하나 훑어보았다. 자식들을 찾는 것이었다.

군인들은 미키와 에밀리에 할머니는 거들떠보지도 않았다. 소총을 어깨에 메고 겨눈 채 캠프 자리를 샅샅이 살폈다. 마차와 짓밟힌 타로 카드를 가리키며 갈라진 불쏘시개 같은 제 나라말로 저희끼리 이야기했다. 검은 사라가 주황색 불길에 휩싸인 채 타고 있었다. 이제는 세 아이가 거기 없는 걸 확실히 알았으면서도 엄마는 줄곧 아이들을 훑어보았다. 눈으로 보고도 감히 믿지 못하는 모양이었다.

그때 군인 하나가 뭔가를 발견했다. 군인이 큰 걸음으로 빈터를 가로지르자 햇빛을 받은 군화가 반짝거렸다. 안드레이는 뛸 준비를 했지만, 군인이 본 것은 안드레이가 아니었다. 군인은 니홀라에에게 손가락을 딱 튕기며, 아이들 사이에서 나오라고 손짓했다.

누구도 소리 내지 않았지만, 안드레이는 상처 입은 사슴이 무릎을 꿇는 것처럼 친족들 마음이 거꾸러지는 것을 느꼈다. 그때, "안 돼요." 하는 목소리가 들렸다. 안드레이는 하마터면 벌떡 일어서서 소리를 지를 뻔했다. 그렇게 말한 사람이 바로 소중한 마린 삼촌이었기 때문이다.

"아직 어린애잖아요."

군인은 귀를 기울이지 않았다. 군인들이 모여들어 니홀라에의 눈에 난 암적색 반점을 살펴보았다. 니홀라에는 군인들이 시키는 대로 햇빛을 향해 고개를 젖혔고, 안드레이는 니홀라에의 손이 넓적다리께에서 덜덜 떨리는 것을 보았다.

군인들은 손가락으로 반점을 쿡쿡 찔렀다. 서로 날카로운 말을 내뱉었다. 호기심과 혐오감으로 입술을 삐죽 내밀었다. 그러고는 가슴을 쭉 펴고 무리 지어 물러나더니 군인 중 하나가 니홀라에를 향해 소총을 들었다.

찢어질 듯 소름 끼치는 소리가 집시들 사이에서 터져 나왔다.

"쏘지 마!"

마린 삼촌이 외친 소리였다. 소총을 든 군인이 몸을 돌리더니, 방아쇠를 당긴 게 틀림없었다. 마린 삼촌이 얼음을 밟은 것처럼 옆으로 미끄러졌기 때문이다. 안드레이가 '안 돼, 우리 삼촌이란 말이야……'란 생각을 끝내기도 전에 마린 삼촌은 바닥에 픽 쓰러졌다.

아빠가 엄마 팔을 붙잡았다. 그리고 엄마는 손도 대지 않고 어떻게든 안드레이를 붙잡았다. 안드레이는 가슴이 갈가리 찢어지는 것 같은데도 움푹 꺼진 구덩이에 꼼짝 않고 있었다. 속으로는 괴로운 비명을 얼마나 내질렀는지 모르지만 겉으로는 소리 내지 않았다.

하지만 소총이 발사되고 나자 상황은 싹 바뀌었다. 무거운 문은 어떻게든 닫히려는 것 같았다. 철부지 같던 군인들이 냉정한 진짜 군인의 자세로 돌아갔다. 절망에 빠져 신음하는 어른들에게 군인들이 조용히 읊조렸다.

"훠이, 훠이, 크레엔."

군인들이 무뚝뚝하게 말하면서 아이들을 엄마 품으로 떠밀었다.

"슈넬! 카인 슈프레흔! 하브트 카이네 앙스트."(서둘러! 입 다물고! 겁먹지 마.)

엄마들은 아이들을 등 뒤로 숨기면서 숨을 깊이 들이마셨다. 한 군인이 손짓으로 두 사람을 줄에서 나오게 한 뒤 마차를 향해 몸짓을 했다.

"넴트 오이레 샤우펠른!"(삽 가져와!)

군인은 두 사람이 알아듣지 못하자 흙 파는 시늉을 했다. 안드레이마저 화물차 옆에 걸린 삽을 가져오라고 시켰다는 것을 알 수 있었다.

아주 어린 애들은 겁을 먹고 무슨 일이 일어나고 있는지 모르겠다는 듯 흑흑 흐느끼며 울었다. 엄마들은 아이들을 어루만지며 달랬다. 큰 아이들과 어른들은 어두운 얼굴로 숨을 죽였다. 아빠는 마린 삼촌을 빤히 내려다보았다. 삼촌은 팔꿈치와 무릎이 꺾인 채 흉한 모습으로 쓰러져 있었다. 모자는 쓰러질 때 이미 벗겨졌다. 엄마는 쓸쓸한 모습으로 선 채 번득이는 눈길로 숲을 훑어보고 있었다.

두 사람이 마차에서 삽 아홉 자루를 모아 오자, 군인이 삽을 사람들에게 나눠 주라고 손짓했다. 아빠도 하나 받았다.

빈터에 있는 사람들이 조용해지자 캠프 자리를 자세히 살펴보던 힘센 군인이 마침내 고개를 들었다.

"예츠트! 하브트 카이네 앙스트. 폴그트 디젬 졸다텐! 자이트 슈틸 비 아이네 마우스!"(자! 겁먹지 마. 저 군인을 따라가! 쥐처럼 조용히!)

그 군인이 먹이를 찾는 고양이처럼 슬금슬금 움직이기 시작했다. 두 어깨에 쇠로 된 별을 단 군인이 손뼉을 치며 신호를 보내자 친족들은 조금 망설이다가 몸을 돌려 어기적거리며 풀을 헤치고 군인을 따라갔다. 마리 이모는 에밀리에 할머니를 부축했다. 할머니 얼굴에 튄 피가 빨간색 연보다 더 붉었다. 엄마들은 아이들 손을 잡고 아빠들 곁에서 걸었다. 군인들은 삽을 들지 않은 네 남자에게 손짓해서 줄 밖으로 나오게 한 다음 바닥에 쓰러진 두 사람 쪽으로 보냈다. 계급 높은 군인이 손가락을 흔들어 시체를 옮기라는 신호를 보냈다.

남자들이 마린 삼촌의 손목과 발목을 잡고 들어 올리자 삼촌 고개가 뒤로 꺾였다. 안드레이는 삼촌의 얼굴을 보며 삼촌이 결코 알 수 없을 일을 생각해 보았다.

어깨에 별을 단 군인이 집시들을 빈터 밖으로 끌고 갔다. 집시들은 마치 이끌어 주기를 바랐던 사람들처럼 고분고분 군인을 따라 느릿느릿 걸었다. 옷은 늘 그랬듯이 밝은색에 주름이 잡혀 있었다. 여자들은 화려한 스카프를 머리에 썼고, 남자들은 아롱다롱한 줄무늬 반다나(목이나 머리에 두르는 화려한 손수건)를 목에 둘렀다. 몇몇은 가죽 샌들을 신고 있었지만 대부분 맨발로 걷고 있었다. 삽을 든 사람들과 시체를 옮기는 사람들은 친족과 살짝 떨어져서, 나란히 여유롭게 걷고 있는 군인들 쪽에 더 가까이 붙어서 걸어갔다.

군인들과 집시들은 빈터 건너편에 있는 숲으로 향했다. 집시들은 말없이 걸었지만, 어떤 군인은 휘파람을 불며 걸었다. 안드레이는 무릎으로 서서 그들이 떠나는 모습을 지켜보았다. 줄 끝에서 숲 속을 보려고 돌아서는 엄마가 보였다. 엄마가 큰 소리로 용감하게 외쳤다.

"애들아, 뛰어!"

아무 생각 없이 뒤처져 걷던 힘센 군인은 잠시 말을 알아듣지 못하기 때문에 엄마가 자기에게 외친다고 생각했다. 그 군인이 투덜거리면서 손바닥으로 엄마를 앞으로 세게 밀쳤다.

안드레이는 친족과 군인 들이 나무 사이로 사라지고, 숲이 모두를 삼켜 버리고, 말이 머리를 숙이고 풀을 뜯어 먹고, 새가 접시를 쪼러 올 때까지 구덩이에 그대로 있었다. 그러고 나서 엄마가 말한 대로 냅다 뛰었다.

11. 길

암사자와 늑대와 곰은 제 우리에 누워 있고, 숨을 쉬느라 옆구리가 살살 오르락내리락했다. 원숭이는 잼을 물리도록 먹고 우리 안쪽으로 물러나 있었다. 독수리는 구석으로 들어가서 보이지 않았다. 감옥 같은 수조에서는 아무 소리도 들리지 않았다. 캥거루는 꼬리로 몸을 받친 채로 꾸벅꾸벅 졸고 있었다. 라마와 샤무아는 다리를 접고 있어서 어둠에 잠긴 바위처럼 보였다. 멧돼지 우리에는 그림자가 드리워 있었다. 달은 밤의 큰 손에 높이 들려 환하게 빛났다.

안드레이는 일어서서 기지개를 켰다. 조금도 피곤하지 않았다. 안드레이와 토마스는 몇 주 내내 걷기만 해서, 잠잘 때면 늘 일꾼처럼 몸이 천근만근이었다. 툭하면 헛간이나 들판에서 잠을 잤고, 자고 일어나면 죽었다 다시 살아나는 것 같은 기분이 들었다. 하지만 달빛 때문인지 몰라도, 오늘 밤에는 조금도 피곤하지 않았다.

샤무아가 말했다.

"이해할 수가 없네. 너희 친족이 군인들 사는 땅을 뺏은 것도 아닌데 말이야. 군인들 음식을 먹은 것도 아니고. 싸움을 걸거나 협박한 것도 아닌데. 군인들이 왜 죽인 거지?"

안드레이는 솔직하게 대답했다.

"나도 몰라."

안드레이는 가는 길목마다 가로등 기둥과 벽돌담에 수없이 압정으로 붙여 놓은 실종자 사진을 보면서 곰곰이 생각했다. 그들의 모습에서 안드레이의 친족들처럼 그들이 왜 사라져야 했는지 납득할 공통된 무언가를 발견하길 바랐다. 사진에는 마른 사람과 퉁퉁한 사람, 부유한 사람과 가난한 사람, 늙은 사람과 젊은 사람, 남자와 여자가 있었다. 생김새는 저마다 달랐지만, 웃고 있거나 빤히 바라보는 모습은 한결같았다. 안드레이는 사진을 보면 볼수록 오히려 혼란이 더욱 커져 갔다. 어느 사진도 침략군이 왜 그런 짓을 했는지 밝혀 주지 못했다. 아빠가 이 전쟁은 집시의 전쟁이 아니라고 했지만, 안드레이는 이 전쟁이 이 아이의, 이 젊은 여자의, 이 할아버지의 전쟁이 아니라는 것을 믿을 수 없었다.

토마스가 눈을 게슴츠레하게 뜨고 무릎에 댔던 얼굴을 들었다.

"군인이 우리더러 까마귀랬어. 우리 마차와 조각상을 놀려 댔고. 우리한테 소리 질렀어. 하지만 우린 군인한테 아무 짓도 안 했어. 만난 적도 없었어. 군인은 말도 없이 우리 삼촌을 죽였어. 하지만 삼촌은 착한 사람이야. 내 귓빝에서 동전을 찾아 주곤 했어. 군인이 삼촌한테 말했으면, 그걸 볼 수도 있었을 텐데."

"사람이 하는 일을 이해하려고 애쓰는 것은 쓸데없는 짓이야. 원숭이를 보고 싶어 할 사람이 있을 거라고 누가 생각이나 하겠어? 하지만 사람들은 날마다 원숭이를 보러 오고는 했지."

라마가 한숨을 쉬며 말했다.

"모든 일이 왜 벌어지는지 내가 말했잖아. 누군가 제 마음대로만 하려 들기 때문이라고."

늑대가 목소리를 높여 말했다.

"······그런데 그 사람의 방식이 잘못된 건데도 그런 일이 일어날 수 있는 거야?"

"그 사람이 너보다 힘이 더 세다면, 그렇다."

토마스는 다시 무릎에 볼을 대고는 그 말을 깊이 생각해 보았다. 콧잔등을 잔뜩 찡그리며 생각에 잠겼다.

"늑대야, 내 생각엔 네 말이 틀린 것 같아. 네가 그 사람보다 더 똑똑하다면 어떻게 될까? 때론 네가 다른 사람보다 똑똑하다면 이길 수도 있어."

"나는 너보다 똑똑하다. 하지만 나는 이 우리에 갇혀 있고, 너는 자유롭게 걸어 다니잖아."

늑대가 대답했다.

토마스는 활짝 웃었다.

"그건 내가 너보다 힘이 더 세다는 뜻이야!"

"글쎄, 그건 네가 나를 풀어 주면 알 수 있겠지."

"그럼 너흰 어쩌다 숲에서 동물원으로 오게 됐니? 내내 달려온 거니, 안드레이?"

암사자가 머리를 들지도 않고 물었다.

안드레이는 설핏 웃음을 지으며 암사자 쪽으로 고개를 돌렸다.

"아니, 난 그저 토마스가 있는 데로 다시 뛰어갔을 뿐이야. 그다음엔 걸었고."

안드레이가 다시 갔을 때 토마스는 두려움에 온몸을 떨고 있었고, 그 바람에 품에 안긴 빌마까지 떨리고 있었다. 토마스는 눈을 휘둥그렇게 뜨고 안드레이를 보면서 무슨 말을 하려 했지만 아무 말도 나오지 않았다. 정신이 나간 듯 그저 흑흑대기만 할 뿐이었다. 안드레이도 어찌해야 할지 몰라 그냥 팔을 둘러 흐느끼는 동생을 가슴으로 폭 안아 주었다. 가까이 서 있는 자작나무는 매끈매끈하고 보기 좋게 휘어 있었다. 새가 힘차게 바스락거리며 가지에서 가지로 깡충 뛰었다. 나뭇가지 갈래에는 축구공이 그대로 걸려 있었다.

그때 빌마가 울기 시작했다. 처음엔 그냥 칭얼거렸지만 곧 울부짖음으로 바뀌었다. 안드레이는 군인들이 울음소리를 듣고 되돌아올까 봐 겁이 나 토마스를 일으켜 세웠다.

"일어나. 토마스. 가야 해."

토마스는 마지못해 느릿느릿 움직였다.

"엄마가 돌아오면 어떡해? 우리가 어디 있는지 모를 거 아냐."

"엄마가 뛰라고 했어. 달아나란 뜻이야."

형제는 빈터에서 꽤 멀어질 때까지 숲 속 내리막길을 골라 걸었다. 토마스가 이끼 낀 바위나 썩은 나무둥치에서 숨을 곳을 찾아내어 세 남매는 축축한 은신처에서 몇 시간이고 기다렸다. 모기가 달려들어서 살을 뚫었다. 손과 발에 땟국이 줄줄 흘렀다. 딱따구리가 이웃과 말다툼하듯 나무를 쪼았다. 토마스와 아기는 자다 깨다, 자다 깨다 했다. 안드레이는 큰 화물차와 오토바이 엔진 소리, 탕탕 마구 쏘아 대는 총소리, 윙윙거리는 비행기 소리같이 먼 데서 울리는 소리를 들으며 깨어 있었다. 푸른 하늘엔 아이들 얼굴에 흐르는 땟국과 어울릴 만한 연기가 자국으로 남아 있었다. 엄마 아빠 생각이 물 마시러 오는 비둘기처럼 안드레이의 마음에 내려앉았다. 마린 삼촌 생각은 일부러 떨쳐 냈다. 울지 않는 게 중요했다.

토마스가 슬며시 눈을 떴다.

"배고파."

안드레이는 벌써 무엇을 할 것인지 생각해 뒀다.

"여기 있어. 빈터에 가 볼게. 먹을 게 있을지도 몰라. 금방 돌아올 거야, 약속할게."

동생은 너무 지쳐서 대꾸도 못하고 흐리멍덩한 눈으로 고개만 끄덕였다. 안드레이는 토마스가 평생 형을 믿기로 마음먹었다는 것을 깨달았다. 곧바로 마음이 묵직해졌다.

"빌마 잘 봐."

안드레이가 말했고, 그렇게 말하는 게 마땅했다.

숲 속을 뚫고 되돌아가는 길은 멀고 가파른 오르막이었다. 안드레이는 이따금 손과 무릎으로 땅을 짚고 기었다. 짐말 플라워가 빈터로 이어지는 길을 따라 마차를 끌며 힝힝 울던 게 생각났다. 안드레이와 아빠는 플라워의 짐을 덜어 주려고 마차에서 내려 걸어갔다. 바로 오늘 아침에 있었던 일인데 아주 어렸을 때 있었던 일 같았다.

플라워는 빈터에 없었다. 말이 한 마리도 없었다. 말들의 다리를 묶었던 밧줄이 잘린 채 풀밭에 아무렇게나 뒹굴었다. 마차는 모두 군데군데 불에 탄 채 바퀴에 그대로 얹혀 있거나 차축 위로 무너져 있었고, 누더기가 된 포장 사이로 흰 철골이 보였다. 물건이 사방에 흐트러져 있었다. 프라이팬, 컵과 접시, 그림 붓, 줄에 꿴 구슬, 머리빗, 편자 공구, 찌그러진 양동이, 나무 인형. 어떤 것은 깨지거나 흙에 묻혔고, 어떤 것은 부서진 데 하나 없이 멀쩡했다. 쇠꼬챙이에 꿴 양고기는 없어졌지만 흰 닭고기 덩어리는 남아 있었다. 풀은 짓밟혀서 들쑥날쑥했다. 연기 냄새와 털 그슬린 냄새가 났다.

안드레이는 잔해 사이에 섰다. 저물어 가는 해가 머리 위에서 빛났고, 새들이 서로 지저귀었다. 삶이 외투를 벗어 던지고 맨가슴을 드러낸 것처럼 느껴졌다.

검은 사라 조각상은 숯 더미에서 뒹굴고 있었다. 안드레이는 조각상을 잔디밭으로 옮긴 다음 바닥에 굴려서 열을 식혔다. 하반신이 불에 타서 조각조각 떨어져 나갔다. 안드레이는 부서진 조각을 쓸어 모아서 모양을 잡으려고 애썼다. 한편으로는 그렇게 하는 자신을 멍하니 바라보면서 그래 봐야 헛일이라고 생각했다. 해야 할 다른 일을 일부러 모른 체하는 것이었다.

"성 사라시여, 도와주소서."

안드레이가 속삭였다. 목소리가 이상하고 축축하게 나왔다. 곁눈질로 보니 뭔가가 반짝이고 있었다. 조각상이 안드레이 가슴에서 미끄러져 바닥에 떨어졌다. 반짝인 것은 흙에 고인 마른 삼촌의 피였다. 안드레이는 발끝이 닿을 만큼 피 가

까이 걸어갔다. 피는 빨갛다기보다는 검붉은 루비 색깔이었
다. 피가 거의 말라서 차라리 가죽 같았다. 안드레이는 피에
흐릿하게 일렁이는 제 모습을 내려다보았다.

"삼촌은 죽었어."

안드레이는 새들에게 마린 삼촌이 죽었다고 말해 주었다.
새들은 힘차게 가지 사이를 돌아다녔다. 안드레이가 물었다.

"다 어디 갔지?"

숲에는 사람들이 지나간 흔적이 하나도 없었다. 안드레이
는 숲을 헤매고 다녔다. 해가 비치는 곳에서 푸른 그늘로 들
어서자 맨살에 소름이 돋았다. 덤불을 밟자 오래된 한숨 같은
소리가 났다. 안드레이는 손가락 끝으로 어린나무와 연약한
가지와 회색 꽃송이와 얄팍한 잎을 훑으며 살폈다.

숲 속 깊숙이 들어가자 빈터가 시야에서 사라지며 진주
빛깔 가지들이 얼기설기 하늘을 가렸다. 그제야 안드레이는
자기가 무엇을 찾고 있는지 깨달았다. 더 걷다 보면 그 무엇
을 찾게 될 거라는 생각이 들었다.

군인들은 포로들을 황무지로 몰아갔다. 큰길이나 오솔길
로 데려가지 않았다. 어디로 가고 안 가고는 중요하지 않았기
때문이다. 그들은 어딘지 모르는 곳으로 가고 있었다.

안드레이는 멈췄다. 가지와 잎을 스르르 더듬다 보니 아
주 어리고 여린 자작나무 가지 끝에 손이 닿았다. 사방이 고

요했다. 무리 지어 서 있는 자작나무가 슬픔에 빠진 마른 유령처럼 안드레이를 에워싸고 있었다. 안드레이는 바짝 긴장해 몸을 떨면서, 조용히 혼잣말로 웅얼거렸다. 먹은 게 없어서 힘도 없고 두려웠다. 안드레이는 바다에 내던지거나 짐승밥이 되라고 사막에 내버린 어린아이 조각상이었다.

안드레이를 다시 움직이게 한 것은 토마스와 빌마에 대한 생각이었다. 동생들은 배고프고 마음을 졸일 터였다. 이상하게도 갑자기 동생들이 있는 곳으로 돌아가고 싶은 마음이 간절해졌다. 죽을힘을 다해 울어 대는 여동생과 남동생을 돌봐야만 했다. 안드레이는 발길을 돌려 냅다 뛰었다.

빈터로 돌아와 재빨리 움직였다. 몸을 숙이고 이 마차 저마차로 옮겨 다니면서 쓸모 있어 보이는 건 뭐든 눈에 띄는 대로 챙겼다. 군인들이 못 보고 지나친 쇠고기 통조림과 그물바구니에 든 사과와 콩을 찾아냈다. 물을 담은 냄비에는 아직 신선한 크림 병이 들어 있었다. 아이들에게 맞는 외투와 장화, 아기에게 꼭 필요한 물건을 찾아냈다. 마차마다 있는 비밀 칸에서는 돈을 꺼냈다. 날카로운 접칼과 팔찌, 귀고리, 모자 핀같이 팔 수 있는 것도 찾아냈다. 배낭 두 개에 들고 갈 수 있을 만큼 가득 담았다. 원래 주인이 누군지 따위는 생각하지 않았다. 돈은 조심스럽게 꾸러미 사이에 숨겼다. 옷과 신발은 따뜻하고 깨끗한 걸로 갈아입고 신었다. 마지막으로 쇠꼬챙이에 꿴 닭고기를 빼내고 땅에 떨어진 빵을 주워 담은 다음, 길을 내려가기 시작했다.

안드레이는 풀밭을 구르는 연을 지나치다가, 군인들이 빈 터에 나타난 게 연 때문이라는 것을 불쑥 그리고 확실히 알게 되었다. 나무 위로 신호등처럼 환히 흔들리던 연은 아주 멀리 떨어진 곳에서도 보였을 것이다. 앞으로 밤이 되면 연을 타고 하늘로 올라가는 꿈을 꿀 것 같았다.

토마스는 기다리고 또 기다려야 한다고 생각했다. 다른 것을 생각하기도 어렵거니와 진만 빠지고 후회할 일이 생길지도 모르기 때문이다. 하지만 이튿날 아침이 되자, 안드레이가 다가와서 걸음을 재촉했다. 물이 필요하고 빌마에게 우유를 먹여야 했지만, 이미 이 숲이 얼마나 위험한지 안 이상 늑장을 부릴 수 없었다.

"게다가 걷다 보면 누굴 만날지도 몰라. 아빠를 만날지도 모르잖아."

안드레이가 달콤한 말로 속였다. 안드레이는 토마스에게 정말 그런 일이 일어날 거라고 생각하는지 묻지 않았고, 토마스도 그럴 수 있을까 하는 말은 두 번 다시 꺼내지 않았다.

형제는 떠돌며 사는 게 어느덧 몸에 배어 있었고, 그 덕에 그 뒤로 흐른 많은 날을 더 수월하게 견뎌 낸 모양이었다. 늘 길에서 살아왔기에 아침마다 새로운 곳에서 눈을 뜰 거라고 예상했고 그걸 자연스럽게 받아들였다. 길은 언제나 그렇듯 변함없이 넓기도 하고, 구불구불 이어지다 끊기기도 하고, 길고 좁다란 붉은 벽돌이 줄지어 있기도 했다. 길가에는 초록 싹이 나기 시작한 밭이 있었고, 이따금 밭 사이로 작은 농가와 큰 헛간이 보였다. 마을이라고 해 봐야 통나무집 몇 채가 전부였다. 어떤 곳에서는 전쟁이 그저 아이들의 상상 속에만 있는 것 같았다. 여자와 아이들이 이리저리 오가며 허드렛일을 했고, 남자들은 열린 창문 밖에서 담배를 피웠고, 강아지가 문 앞에서 뛰며 반갑게 아이들을 맞았다. 평소와 조금도 다르지 않은 모습이었다. 하지만 적과 적이 충돌한 곳에는 전쟁이 할퀴고 간 발톱 자국이 크게 찍혀 이루 말할 수 없이 끔찍했다. 지평선 너머까지 들판에 불이 번져 연기가 자욱했고, 둥글게 휘감긴 가시철조망이 들판을 가로질렀고, 나무란 나무는 하나같이 다 쓰러져 있었다. 기름이 동동 뜬 물웅덩이에는 죽은 소가 팽팽하게 부푼 채 널브러져 있었다. 말은 그 자리에서 죽었고, 그 뒤에 딸린 마차는 산산조각이 나 있었다. 다리는 무너졌고, 거리는 온통 쑥대밭이었으며, 불에 탄 집에서는 침대 머리, 식탁, 목욕통, 타자기 같은 가재도구가 터진 자루에서 새는 모래처럼 쏟아져 나와 있었다. 공기는 탁했으며, 쇠와 윤활유 냄새에, 그보다 더 퀴퀴하고 역겨운 냄새까지 진동했다. 어느 날 아침, 다른 곳보다 더 큰 마을에서 아이들은 사람들이 뒤죽박죽 쓰러져 있는 것을 보았다. 꺾인 팔다리를 보고 토마스는 꼭두각시 인형이 떠올랐고, 안드레이는 숨이 턱 막히며 마린 삼촌이 떠올랐다. 아이들은 사람들의 끔찍한 상처에서 눈을 돌려 모래주머니 더미, 폭탄 맞은 가게 진열대, 깨진 분수대 돌그릇을 바라보았다. 매트리스가 창문과 벽에 기대어 있던 또 다른 마을에서는 대전차포를 찾아내 거의 오후 내내 그 위에서 놀았다. 대포는, 형제가 서로 맞장구쳤듯이, 지금까지 본 것 가운데 최고였다.

아이들은 어디에서도 몇 시간 또는 하룻밤 이상 머물지 않았다. 발이 아플 때나 빌마가 칭얼대고 보챌 때만 쉬었다. 안드레이는 어디로 가는지 알지 못했지만, 그게 문제가 된다고는 생각지 않았다. 마차에 살 때에도 길이 이끄는 대로 갔고, 지금도 그때와 똑같이 가고 있는 것이다. 가장 먹을 게 있음 직하고, 가장 사람이 없음 직하고, 가장 햇빛이 잘 듦 직한 길을 골라 갔다. 안드레이는 뒤에 남겨 둔 것과 앞에서 기다리고 있을 것에 대해서 생각하지 않으려고 애썼다. 그래야 지금 처한 상황에 너무 심각하게 빠져드는 실수를 피할 수 있었다. 꼭 해야 하는 일인 것처럼 그저 씩씩하게 걷는 게 최선이었다. 안드레이는 무거운 배낭을 짊어졌고, 토마스는 빌마가 들어간 작은 배낭을 맡았다. 빌마는 처음에는 배낭에 들어가지 않으려고 크게 울어 댔지만 점점 좋아하게 되었다. 꼭 필요한 때, 주로 빌마가 먹을 신선한 우유를 살 때에만 돈을 썼고, 평소에는 사람이 없는 집이나 밭에서 먹을 것을 찾아 끼니를 때웠다. 때때로 번드르르한 것을 원하는 사람들과 값싼 장신구를 두고 옥신각신 흥정을 하기도 했다. 거지를 만날 때도 있었으나, 지켜 주는 어른 하나 없이 애들끼리만 구걸하는 건 어리석어 보였다. 마을에 있는 펌프로 물을 퍼 물병을 채웠고, 습지 호수에서 기러기가 끼루룩끼루룩 울며 머리 위로 거침없이 날아가는 동안 목욕을 했다. 가끔 다른 집시들과 마주치기도 했지만 친족이 아닌 낯선 이들이었고, 아주 잠깐만 관심을 보였다. 안드레이는 그들에게 도움을 청할 이유가 없었다. 지금까지 스스로 잘 지내고도 남았다고 생각했다. 갓조와는 꼭 필요할 때만 말을 했고, 갓조들도 아이들과 흥정할 때 말고는 거의 대꾸하지 않았다. 길에는 피난민이 많았다. 어떤 사람들은 마차를 몰거나 밀면서 갔고, 또 어떤 사람들은 덜커덩거리는 트랙터나 무개차를 타고 갔다. 끽끽대는 자전거나 터덜터덜 말을 타고 가거나 오로지 발만 믿고 비틀비틀 걷는 사람들도 있었다. 어떤 사람은 다친 몸이었고, 어떤 사람은 멍한 얼굴이었다. 모두 힘겨운 고통에 시달리고 있었다. 전쟁은 나라 곳곳을 마구잡이로 집어삼키면서 이 불행한 사람들에게서 삶의 터전인 집과 일터와 이웃과 미래를 앗아 갔다. 이렇게 퀭한 눈으로 길을 가는 사람들 틈에서 자그마한 집시

아이 셋은 아무런 관심을 끌지 못했다.

그러던 어느 날, 어떤 할머니가 빌마를 데려가려 했다. 할머니는 "너희가 어떻게 아기를 돌볼 수 있겠냐." 하면서 안드레이에게 안긴 젖먹이를 빼내 갔다. 안드레이는 깜짝 놀라 선채로 몸이 굳어 버렸다. 들고양이처럼 소리를 지르며 뛰어올라 할망구 어깨에 꽉 매달린 건 토마스였다.

"우리 아기란 말이야!"

토마스가 울부짖으며 고양이처럼 주먹을 날렸다. 몸이 풀린 안드레이는 진드기처럼 달라붙는 토마스를 철썩철썩 때리며 밀어내는 유괴범 할머니 품에서 놀란 여동생을 잡아 빼냈다. 무섭고 낯선 할머니가 소리쳤다.

"어디 한번 돌봐 봐라! 군인이 아기를 데려갈 테니! 너희 같은 것들을 찾고 있거든. 더럽고 쪼그만 거머리 같으니라고. 고약하고 형편없는 강도 같으니라고. 너흰 기생충이야! 이교도 기생충! 군인이 너희 같은 놈들을 빨리 없애 버릴수록 우리는 더 잘살게 될 거야."

안드레이는 그 다툼으로 잔뜩 겁을 먹고 교회 다락방에 숨을 곳을 마련한 다음, 그곳에서 이틀이나 묵었다. 욕을 먹는 데는 이골이 났다. 집시를 깔보는 것은 갓조의 영원한 놀잇거리였다. 한번은 안드레이가 왜 그런지 물었더니 아빠가 설명해 주었다.

"사람들은 자기와 다른 사람을 우습게 여긴단다. 겉모습이 다른 사람, 생각이나 사는 방식이 다른 사람을 말이다. 그렇게 하는 이유는 자기와 다르다는 게 두렵기 때문이야. 때론 부러워하기도 하지만."

그 할머니가 이렇게 느꼈을까? 두려움과 부러움을? 안드레이는 아빠 말을 믿을 수 없었다. 이건 그보다 더 나빴다. 마침내 사슬을 풀고 달아난 괴물을 만난 것 같았다.

토마스는 충격에서 벗어나자 그 할머니를 바바 야가로 여겼다. 바바 야가는 하늘을 날아다니면서 아기를 훔쳐 가고 때론 잡아먹는다는 전설 속 마녀였다.

"무시무시한 집으로 돌아가 버려라, 바바 야가!"

교회 창문을 통해 한 줄기 햇살이 숨 막힐 듯 떠도는 먼지 사이를 뚫고 비껴들자 토마스가 외쳤다. 할머니를 욕하면서 토마스는 진짜 처음으로 세상의 의지에 맞서서 저항했다. 토마스는 두려움을 느끼면서도 며칠 동안 승리감에 취해 으스댔다.

하지만 안드레이는 그 할머니와 맞닥뜨리고 나서 자신들이 특별한 위험에 빠져 있다는 걸 알았다. 옛날이야기에 나오는 어떤 쭈그렁 마녀보다도 심각하고 무섭고 위험했다. 안드레이는 그 할머니가 한 말을 몇 번이고 되뇌었다. 군인이 너희 같은 놈들을 빨리 없애 버릴수록. 빈터에서 군인들이 한 짓이 바로 이런 거였다. 집시 일족을 없앤 것. 무슨 이유에서인지 몰라도 침략군은 집시에게 그렇게…… 증오심을…… 불태웠고, 그래서 손바닥으로 벌레를 때려잡는 것처럼 쉽게 마린 삼촌 같은 사람을 죽였던 것이다. 그리고 늘 이 땅에서 집시와 함께 어깨를 맞대고 살던 몇몇 갓조들, 바바 야가 같은 할머니와 얼마나 많은지 모를 사람들이 그렇게 되기를 간절히 바라고 있었다.

안드레이는 반딧불이가 먼지 낀 유리창을 두드리는 동안 답답한 다락방에 누워서 진짜로 자신들을 괴롭히는 위험에 비하면 외로움과 혼란스러움은 각다귀에 지나지 않는다는 것을 깨달았다. 사슬을 끊고 탈출한 괴물은 셀 수 없이 많은 팔다리, 눈과 입을 달고서 온갖 모양으로 탈바꿈했다. 게다가 괴물은 엄마와 아이에게조차, 최고의 남자에게조차 마구마구 덤벼들었다. 너희 같은 것들을 찾고 있거든.

안드레이는 누구도 절대로 믿어선 안 된다는 걸 깨달았다. 그랬다가는 덫에 걸리기 쉬울 것이다. 다른 집시도 피해야 한다. 집시와 같이 다니면 눈에 띌 것이다. 정신을 바짝 차리고 눈에 띄지 않게 옮겨 다녀야만 한다. 무언가가 아이들을 찾고 있을 것이다.

안드레이가 손을 뻗어 토마스를 흔들자, 토마스가 장화를 베고 누워 있다가 멍하니 일어나 앉았다. 안드레이가 말했다.

"정신 차려, 출발할 거야."

안드레이는 이미 떠날 생각에 사로잡혀 있었다.

그날 밤부터 아이들은 어둠을 틈타 사람들이 별로 없을 때에만 길을 갔다. 잠깐 쉬거나 빌마를 돌볼 때에만 멈추었다가 그다음 날 새벽까지 걸었다. 낮이 되면 숨어서 잠을 자다가 몇몇 물건을 사야 할 때에만 길로 나섰다. 바바 야가는 아이들을 거머리, 강도, 기생충이라고 불렀다. 엄마와 아빠, 마린 삼촌과 니콜라에, 에밀리에 할머니와 미라벨라, 그들 중 어느 누구도 그런 것이 아니었지만, 안드레이는 두 동생과 함께 쥐가 되어서 행복했다. 낮에는 자고 밤에는 일어나 몰래 들어가서 사람들 눈에 띄지 않게 뒤지기. 쥐같이 되는 것은 수호 부적이 되는 것이다. 마린 삼촌은 늘 말했다.

"쥐에게 들어간 영혼은 운이 좋은 거야."

머릿속에서 삼촌 목소리가 울리자 안드레이는 귀를 막았다. 순간순간, 심지어 꿈속에서도 마린 삼촌의 죽음으로 가슴이 뭉클했다. 늘 달래 주던 엄마와 꿋꿋하던 아빠가 애타게 그리웠다. 하지만 같이 있는 건 배가 고프고 명랑하기도 하고 짜증도 잘 내는 토마스였고, 머리통이 동글동글하고 눈이 단추 같고, 먹이고 재우느라 하루에도 수없이 손이 가는 빌마였다. 안드레이는 잠이 들어도 긴장증(정신 분열증 등으로 오래 움직이지 못하는 증상) 환자처럼 잤다. 깨어 있을 때면 쉴 새 없이 생각에 잠겨, 어떻게 하면 위험이 닥쳐도 정신 바짝 차리고 한발 앞서 더 빨리 쉬지 않고 달아날 수 있을지 궁리했다. 그러다 보니 비록 잃어버린 것 때문에 늘 고통스럽고 힘겨웠지만, 달음질을 멈추고 그 고통을 바라보거나 돌아볼 여유가 없었다.

12. 시험

"와, 와, 와. 고통 없는 삶은 없단다, 꼬마야. 심지어 쥐의 삶조차도 그래. 좋게 생각해. 너흰 우리에 갇히지는 않았잖 아. 너희는 자유롭다고. 그러니 불평은 그만해."

샤무아가 말했다.

안드레이는 깜짝 놀라 생각에서 깨어나며 말했다.

"그래, 난 갇힌 건 아니야. 하지만…… 자유롭다고 느끼는 것도 아니야. 만약 자유롭다면, 안전해야 하잖아. 하지만 안 전하다고 느껴지지 않아. 늘…… 사냥감이 된 것 같아."

"우우, 네 다리가 덫에 걸린 다음에나 사냥감 얘기를 해 라, 이 녀석아."

샤무아가 한탄스러운 듯 말했다.

라마는 털이 촘촘하게 난 귀를 쫑긋했다.

"정말 이상하군! 발길 닿는 대로 어디든 갈 수 있는데도 자유롭지 않다고 하다니. 주위에 창살이 없는데도 보이지 않는 우리에 갇혀 있다고 하다니. 이거 너무한걸."

"짐승 우리가 나타나서 널 가둘 거야."

캥거루가 작은 소리로 말했다.

안드레이는 아무 말도 하지 않았다. 품에 안긴 빌마를 살살 흔들었다. 빌마는 숄에 폭 싸여 가만히 손가락을 빨면서 밖을 내다보고 있었다. 토마스는 용감하게 잠과 싸웠지만 눈꺼풀이 밑으로 내려가기 시작했다. 그러더니 그 어떤 멧돼지도 건드리지 못하게 다리를 꽉 꽈서 몸을 잔뜩 웅크리고는 손을 뺨 밑에 포개 받친 채 옷을 입은 그대로 벤치에서 잠이 들고 말았다. 달빛이 단풍잎을 하얗게 물들이며 해진 아마포 홑이 불처럼 잔디를 덮었다. 달빛은 환했지만 아까처럼 밝지는 않았다. 세상은 여전히 어둠에 잠겨 있었지만, 짧은 여름밤은 아침을 향해 스르르 피어나기 시작했다. 곧 평화가 끝날 것이다.

암사자가 말했다.

"엄마가 너를 자랑스러워할 거야, 안드레이. 동생들을 잘 돌보고 있으니까. 엄마가 너한테 바라는 일을 한 거야."

안드레이는 움찔 놀랐다. 숲에 쭈그리고 앉아 엄마가 끌려가는 것을 바라보기만 했던 소년은 그 일을 떠올리는 것조차 싫었다.

"달아나지 말고 엄마한테 달려갔어야 했어. 어쩌면 엄마를 도울 수 있었을 텐데."

"아니. 그건 엄마가 바라는 게 아니야."

빌마가 옹알거리자, 안드레이는 빌마를 내려다보았다. 이 어린 여동생이 자라면 엄마를 닮을지 어떨지 궁금했다. 키가 크고, 손톱에 칠을 하고, 발은 앙상하고, 검은 머리가 허리까지 닿는 엄마 말이다. 아직은 이런 엄마의 모습을 기억할 수 있지만 한편으론 잊어 가고 있었다. 엄마의 목소리나 초록색 눈이나 눈부신 미소는 떠올리기 힘들었다. 손과 팔꿈치, 고초열(꽃가루가 점막을 자극해서 일어나는 알레르기)로 고생하는 코 같은 엄마의 모습을 머리부터 발끝까지 더 이상 볼 수 없었다. 엄마는 빈터에서, 그리고 안드레이의 기억에서 끌려갔다. 빌마가 자라면 아마 정말로 엄마를 닮을지 모르겠지만, 그때가 되면 다 잊어버려서 얼마나 닮았는지 알아보지 못할지도 모른다. 안드레이는 토마스가 깨지 않도록 조용히 말했다.

"나는 엄마 아빠가 돌아올 것 같지 않아. 다시 볼 수 있을 것 같지도 않고."

"맞아."

암사자가 맞장구쳤다.

"동물원 주인은 돌아올 것 같아?"

"아니."

"알리체는 언제?"

알리체! 그 말이 아까보다 더 급하게 공기를 휘저었다. 알리체, 알리체. 동물들은 발을 질질 끌면서 발작하듯 이리저리 움직였다. 동물들이 알리체를 부르자 그 소리가 쓸쓸하게 울려 퍼졌다. 암사자는 아무 말도 하지 않았다.

안드레이는 한숨을 쉬었다. 볼을 감싸고 하늘을 올려다보았다. 별은 사파이어 구름을 배경 삼아 빛나는 보석이었다. 마린 삼촌은 별자리 이름을 알았다. 또한 빛나는 점은 별이 아니라 빨갛고 노랗고 보랏빛이 나는 행성이란 것도 알았다. 때때로 삼촌은 말했다. 오늘은 보랏빛 행성에서 무슨 일이 일어났을까?

안드레이는 움직이지 않는 암사자를 바라보았다. 달빛이 암사자의 눈에 청록색으로 고였고, 털을 부드러운 금빛 비단처럼 물들였다.

"수사자와 네 새끼들이 돌아올 것 같아?"

"아니."

"어떻게 알아?"

"느낄 수 있어. 네가 그런 것처럼."

암사자가 말했다.

안드레이는 고개를 끄덕였다. 마음에는 한도 끝도 없이 깊어서 감히 닿을 수 없는 슬픔이 있었다. 그 슬픔이 터져 나오기라도 한다면 장터에서 날뛰는 말처럼 전속력으로 튀어나와 주위에 있는 것을 다 엎어 버릴 것이다. 안드레이가 아주 조심스럽게 물었다.

"작별 인사는 했어?"

"아니."

"나도 엄마 아빠한테 못 했어……. 엄마 아빠한테 마지막으로 한 말도 기억 안 나. 틀림없이 '이리 와서 같이 축구 해요, 아빠.' '아직 배 안 고파요, 엄마.'처럼 철없는 소리였을 거야."

암사자는 귀를 오므리고 안드레이를 자세히 보았다. 얼마 있다가 암사자가 말했다.

"엄마 아빠가 어디에 있든, 네가 할 수만 있다면 두 분을 도왔을 거란 걸 엄마 아빠는 잘 알 거야. 네가 작별 인사를 했을 거란 것도 알 거고."

안드레이는 입술을 깨물고 다시 고개를 끄덕였다.

"맞아."

암사자는 계속해서 안드레이를 보았다. 사자 옆 우리에서는 원숭이가 낮은 소리로 끙끙거렸다. 물범이 물 위를 뚫고 올라와 숨을 들이쉬고 물속으로 잠겨 들자, 물이 출렁 소리를 내며 그 위를 에워쌌다. 동물원 문 저편, 잿더미가 된 마을에서는 대들보가 낮게 우지끈 소리를 내며 두 동강 나더니 바닥으로 무너져 내렸다. 그러고 나서 고요해졌다. 동물들은 숨소리도 내지 않았다. 안드레이의 손을 건드리는 달빛은 고운 수

정 가루처럼 보였다. 암사자가 비칠비칠 일어섰다.

"안드레이, 아기를 데리고 와 봐."

안드레이는 고개를 들고 암사자를 똑바로 보았지만, 걸음을 내딛지는 않았다.

"잠깐만."

암사자가 말했다. 성큼 한 걸음 내딛는 것만으로도 창살까지 이르러 맴도는 암사자의 노란 얼굴에는 지워지지 않는 상처가 있었다.

"잠깐이면 돼."

안드레이는 빌마를 내려다보았다. 마음속에서는 만일 빌마가 같이 있어야 할 엄마와 함께 숲으로 가 버렸더라면 지난 몇 주 내내 떠돈 여행이 얼마나 쉬웠을까 하는 생각이 들었다. 빌마도 엄마와 함께 있고 싶어 하는데. 꽤 여러 해가 지나야 빌마는 스스로 생각하며 자신을 돌볼 수 있을 것이다. 안드레이에겐 이미 돌봐야 할 토마스가 있었다. 이런 생각이 마음속에 떠오르자, 생각하는 것만으로도 싫었지만, 다리는 납덩어리처럼 굳어 떨어지지 않았다.

"아니, 안 돼."

안드레이가 무뚝뚝하게 말했다.

암사자는 숄에 싸인 아기를 너무나 보고 싶은 마음에 얼른 몸을 낮추며 격앙된 어조로 말했다.

"안 건드릴 거야. 약속해. 그저 아기를 가까이 데려오기만 하면 돼."

안드레이는 마음이 약해져 울음이 터질까 걱정스러웠다. 동물들이 바라보고 있었고, 암사자의 애타는 마음도 느낄 수 있었다. 피가 확 몰리며 암사자의 말을 들어주고 싶은 생각도 있었지만 신음 소리를 내며 말했다.

"안 돼."

"왜 안 돼?"

암사자가 성을 내며 꼬리를 탁 치고 벌떡 일어섰다.

"내가 무슨 해를 끼칠까 봐 그래? 안드레이, 아기를 데려와 봐!"

"싫어."

안드레이는 고개를 저으며 끝까지 버티다 눈물을 왈칵 쏟고 말았다.

"안 할 거야. 할 수 없어."

그러고는 갑자기 미친 사람처럼 소리를 질렀다.

"안 할 거야! 네가 무서워! 넌 아기한테 손댈 수 없어. 우리 아기란 말이야!"

"멍청한 녀석!"

부르짖는 소리가 송곳처럼 잔디밭을 가로질러 날아와서 마치 창을 꽂듯 잠든 토마스의 귓등을 때렸다. 너무나 무시무시한 소리에 안드레이는 숨이 턱 막혔다. 빈터에 왔던 군인이 마침내 자기를 잡으러 온 것 같아 휙 돌아서며 마주 보았다. 분노로 이글거리는 눈과 마주쳤다. 차가운 둥근 창살과 단풍나무와 서리 앉은 잔디 말고는 아무것도 보이지 않았지만, 동물들은 단단히 버티고 서서 동물원의 중심에 있는 시커먼 우리를 쏘아보았다. 멧돼지 우리를.

"멍청한 녀석."

어둠을 뚫고 또 같은 소리가 들리자 가슴이 방망이질 쳤다. 안드레이는 어둠 속에 숨어 있는 동물을 상상하기 시작했다. 막대기 같은 다리, 이상하게 생긴 머리, 활처럼 휜 엄니와 털이 곤두선 가죽.

"뭐가 걱정이냐? 소중한 아기가 암사자한테는 과분하단 말이냐? 우리 밖을 마음대로 돌아다니는 너한테 무슨 해를 끼칠 수 있을 것 같으냐? 암사자가 인간보다 더 심한 짓을 하겠냐?"

"형……."

토마스가 훌쩍였지만 안드레이는 빌마를 가리면서 조용히 하라고 손을 들었다. 안드레이는 멧돼지 우리를 집어삼킨 어둠을 쳐다보았다. 모든 근육이 움직일 준비를 했다. 만일 멧돼지가 자유롭다면, 자물쇠에 녹이 슬어 멧돼지가 우리를 부수고 나와 달려든다면, 안드레이는 한 걸음도 물러서지 않을 것이다. 두렵지 않았다. 가슴은 걷잡을 수 없는 분노로 여전히 쿵쿵 뛰었다. 안드레이는 멧돼지 우리를 둘러싼 다른 우리를 힐끗거리다 늑대와 샤무아와 라마를 보았다. 동물들은 도울 수 있어도 돕지 않을 것임을 안드레이는 알았다. 삶은 혼자 맞서야 하는 전투라는 것을 동물들은 알고 있었다. 그리고 그 순간, 안드레이는 싸울 준비가 되어 있었고, 기꺼이 싸울 생각이었다. 그동안 시달린 게 억울해서 꽉 움켜쥔 주먹에 힘이 들어갔고, 눈이 따끔거렸다. 힘없는 바보처럼 더 이상 참고 있지는 않을 것이다. 멧돼지가 덤벼들면 한껏 치고받을 것이다. 할 수 있다면 멧돼지를 죽일 터였다.

하지만 멧돼지 우리에서는 아무것도 나오지 않았다. 움직이는 발소리도 없었고, 더운 콧김을 내뿜는 콧소리도 없었다. 맷돌에 깔린 비단처럼, 부드럽지만 눌리고 가라앉은 목소리만 흘러나왔다.

"저 암사자가 겨우 새끼였을 때, 웬 사냥꾼이 어미를 쏴서 사납고도 영광스러운 사자를 초라하고 흉한 것으로 바꾸어 놓았다. 새끼 사자들 머리에도 구멍을 냈다. 빨리 죽여 주는 게 가엾은 새끼들한테 큰 자비를 베푸는 거라고 생각했기 때문이다. 사냥꾼은 가장 어린 새끼 사자였던 암사자만 살려 바다 건너 약혼녀한테 선물로 보냈다. 사냥꾼한테 중요한 건 사랑하는 사람이 뭐든 최고를 가진 것처럼 보이는 거였으니까. 그러니 새끼 사자보다 좋은 게 어디 있겠냐? 하지만 그 멍청한 사냥꾼이 모르는 게 있었다. 가장 어리고 약한 사자일 지라도 사자는 여전히 사자라는 것."

안드레이는 가까스로 숨을 쉬며 어둠을 쳐다보았다. 벤치에 앉은 토마스가 옷깃을 바짝 여몄다. 늑대의 은빛 갈기가 쭈뼛 일어섰다.

"약혼녀는 새 애완동물을 받고 아주 기뻐했다. 친구들 중 누구도 그런 선물은 받지 못했기 때문에 얼마나 큰 부러움을 샀는지 모른다. 새끼 사자한테 나비 모양의 리본이 달린 옷을 입힌 뒤, 턱받이를 대 주고 최고급 고기를 먹였다. 새끼 사자는 밤마다 약혼녀와 같은 침대에서 잠을 잤고, 풀잎에 아침 이슬이 맺힐 때면 비단 목줄에 매여 정원을 산책했다. 깔끔하게 손질된 잔디밭에서 공작을 쫓아가거나 아주 긴 복도를 가로질러 마지팬(아몬드, 설탕, 달걀을 섞은 것으로, 과자를 만들거나 케이크를 장식하는 데 쓴다.)으로 만든 쥐를 따라다녔다. 무개차를 타고 도시를 가로질러 달릴 때면 길에 나온 사람들이 놀라 감탄했다. 시샘 많은 친구나 왕족이 찾아올 때면 그런 손님들한테 즐거움을 주려고 끌려 나왔다. 새끼 고양이처럼 귀여움을 떨어 손님들이 웃으면 버터 한 조각을 받았지. 숨거나 으르대거나 몸부림치거나 물거나 하면 손바닥으로 가볍게 한 대 맞았다. 암사자가 살던 세계의 사람들은 돈이 많아서 멋진 옷을 입고 향수를 뿌렸다. 이보다 더한 사랑과 더 나은 보살핌은 어디 가도 받지 못할 정도였어. 하지만 응석받이로 자란 약혼녀와 한집에 살아도, 사자는 여전히 사자다, 안 그러냐?"

그건 질문이 아니어서 안드레이는 아무 대답도 하지 않았다. 라마는 몸을 떨며 큰 눈을 깜박거렸다.

"시간이 흘렀다. 새끼 사자는 자랐다. 사자라면 으레 하는 일을 아무것도 해 보지 못한 채. 얼룩말을 실컷 먹어 보지도 못했고, 호수 물을 핥아 보지도 못했으며, 햇빛이 쏟아지는 들판을 가로질러 다른 암사자한테 으르렁거려 보지도 못했지. 하지만 뼛속 깊은 곳에서는 자기가 누구인지, 그리고 무엇을 하려고 태어났는지 잘 알고 있었다. 발톱도 그걸 알았고, 이빨도 그걸 알았다. 자존심도 알고 있었다.

얼마 지나지 않아, 약혼녀가 신부가 되는 날이 왔다. 사냥꾼이 피비린내 나는 여행에서 돌아오고 교회는 꽃으로 장식되었고, 사제와 하객이 모였다. 자연스레 신부는 결혼식이 그 계절의 화젯거리가 되길 바랐다. 그래서 결혼식을 몇 달 앞두고 보석상을 찾아가 다이아몬드로 장식한 목줄과 끈을 주문했다. 하객들이 자리를 잡는 동안 교회 한쪽 닫힌 방에서는 상아색 드레스 차림에 면사포를 쓴 신부가 새끼 사자를 데려오라고 했다. 원래 계획은 식장으로 걸어 들어갈 때 아버지뿐만 아니라 이 길든 짐승, 아름다움과 짓눌린 자유의 상징이자 포획해 억누른 장엄함의 상징인 암사자도 함께 들어가는 거였다.

신부한테 데려간 짐승은 더 이상 새끼 사자가 아니었다. 고양이만 하던 녀석은 이제 여느 개보다 컸으며, 주걱만 한 앞발엔 대리석도 깨뜨릴 수 있는 발톱을 숨긴 한 살배기 암사자가 되어 있었지. 레이스가 달린 하얀 면사포를 쓴 주인을 본 새끼 사자가 무엇을 생각했는지 다음에 벌어진 일을 보면 궁금해할 것도 없다. 결혼식은 그 무렵 화젯거리가 되었지만, 다른 이유 때문이었다.

알 수 없는 이상한 모습만 보이는 곳에서 이 허연 유령 같은 신부 때문에 새끼 사자는 암사자로 돌변했다. 유령 같은 신부가 다이아몬드 목줄을 채우기 위해 허리를 숙이자, 겁에 질린 암사자는 앞발을 쳐들어 한쪽 귀에서 다른 쪽 귀까지 신부의 얼굴을 쫙 할퀴었지."

동물 중 하나가 돌바닥을 짓밟으며 숨을 크게 내쉬었다. 오래된 단풍나무 잎이 떨어져 가지에서 가지로 구르면서 종이처럼 버스럭거렸다. 빌마가 잠꼬대를 하자, 멧돼지는 그 소리를 들으려는 듯 잠깐 동안 말을 끊었다. 그런 다음 이어서 말했다.

"그림이 그려지냐, 꼬마야? 찢어진 면사포. 시인의 말처럼 우아하고 도자기 같은 볼에 난 활 모양의 상처. 이 상처에서 흘러나와 면사포를 적시고 가보인 진주 목걸이를 뒤덮은 루비 같은 피. 옷으로 줄줄 흘러, 겹겹이 주름진 드레스 자락을 덮친 진홍색 피의 강. 힘없이 챙 소리를 내며 바닥에 떨어진 다이아몬드 목줄. 문밖으로 새어 나가 서까래 위로 솟구친 매 울음 같은 비명. 어지러이 달려 나가는 하객들의 소동. 아름다움을 잃은 신부를 보는 사냥꾼의 표정. 마음속에 그림이 그려지냐, 꼬마야? 왜냐하면 사냥꾼은 늘 그런 그림을 그렸을 테니까. 사냥꾼은 사납게 으르렁거리는 암사자와 팔다리를 마구 버둥거리는 신부를 보았다. 암사자와 신부는 둘 다 두려움에 짓눌려 있었다. 사냥꾼은 이미 암사자와 신부의 삶에 끼어들었는데, 이제 그 스스로 더 확실히 끼어들어야 했다. 사냥꾼은 흉하게 일그러진 신부와 결혼할 마음이 없었고, 암사자는 사나운 사자로 태어난 대가를 치러야만 했다. 사냥꾼은 태연하게 굳은 얼굴로 이 세상에서 절대 자신을 실망시키지 않는 한 가지를 가지러 성큼성큼 걸어갔다. 총이었지.

아주 이상하게도, 암사자를 구한 사람은 신부였다. 어쩌면 신부는 친구들 앞에서 보여 준 것보다 더 생명을 귀하게 여겼나 보다. 진정으로 암사자를 좋아해서 암사자가 나쁜 마음으로 그런 게 아니라 무서워서 그랬다는 걸 알았는지도 모른다. 어쩌면 그녀 역시, 이제부터 영원히 흉터를 안은 채, 다른 사람의 자비에 행복을 내맡긴 미래와 맞닥뜨린 것을 알았는지도 모른다. 이유야 어떻든, 신부는 암사자한테 손대지 못하게 했다. 사냥꾼이 더 사랑한 쪽은 신부가 아니라 총이었다는 사실을 보면 신부 말 따위 듣지 않을 수도 있었다. 하지만 거기에는 결혼식 하객들과 사제가 있었다. 고통에 찬 신부가 고양잇과 동물을 살려 달라고 애원하는 가운데 신부더러 입 닥치라고 말하는 것은 신사답게 보이지 않을 터였다.

그렇게 새끼에서 암사자로 커 버린 녀석은 풍요로운 삶에서 쫓겨나 막다른 골목인 여기로 떠밀렸고, 경고 표지판이 붙어 있는 우리로 들여보내졌다. 사자에게 물릴 수 있습니다. 왜냐하면 그 안에는 암사자가 이제껏 본 적 없는 사자가 있었거든. 하지만 사자의 이빨과 뼈가 암사자를 알아보듯 암사자도 사자다운 이빨과 뼈로 그 사자를 알아봤다. 둘은 서로한테서 흙먼지 이는 평원과 발부리에 걸리는 얼룩말, 물을 마실 수 있는 웅덩이를 봤다. 사자의 웅장한 그림자와 함께 암사자는 장난감처럼 살아온 지난 삶을 뒤로하고, 귀로는 모래 폭풍이 휙휙 부는 소리를 들으며 마구 휘도는 폭풍우에 수염을 날리는 참된 암사자가 되었다. 우리에 갇혀 살아야 하고, 알고 있는 무언가를 찾아 끊임없이 창살 쪽을 서성거려야 하지만 결코 찾을 수 없는 불행한 운명을 타고난 참된 암사자. 하지만 이윽고 세 마리 새끼 사자가 태어났고, 새끼들과 수사자와 함께 지내면서 암사자는 꽤 평온해졌다. 꼼지락거리는 새끼 사자들 사이에 있으면, 쇠창살과 쳐다보는 사람들과 보석 박힌 목줄과 마지팬으로 만든 쥐가 있다 해도 마음 밑바닥에서는 본디 사자였고 언제나 사자임이 드러났지. 암사자는 눈을 감을 때면 웅장하게 밀려오는 환영을 보았다. 맨 처음 지구에 태어난 사자가 땅에 발자국을 남긴 때부터 지금까지 봐 온 모든 것이 보였지. 암사자는 단 한 번도 원하는 대로 살지 못했지만 위대한 사자 무리는 암사자를 잊어 먹지 않았던 거다.

그런데 그때 너희가 너희 전쟁을 시작한 거다, 꼬마야. 그리고 너희 인간이 원하는 것보다 더 중요한 것은 없다, 그렇지? 인간이 행하는 것보다 더 중요한 것은 없다. 너희는 암사자의 형제자매를 죽이고 얼룩말과 평원을 빼앗은 것처럼 아주 쉽게 수사자와 새끼 사자들을 빼앗았다. 암사자는 지금 서 있는 저 자리에서 수사자와 새끼 사자들이 트럭에 실려 떠나는 것을 지켜보며 사자들의 우는 소리가 멀어져 더 이상 들리지 않을 때까지 서 있었다. 이제는 동물원에 갇힌 암사자일 뿐이다. 밤이면 별을 올려다보며, 평생 참되게 살았지만 사실은 사자 무리가 자신을 버린 건 아닐까 궁금해한다. 그런데 지금 너, 형편없는 녀석이 꽥꽥대는 아기를 암사자한테 보여 주지 않겠다고 거부하고 있다. 아기가 너무나 소중해서 사자 같은 것 근처엔 얼씬도 하지 않겠다는 듯이 말이다. 그동안 죽을 각오로 전쟁을 치르며 생명을 가볍게 여겨 왔으니 너희 사람들 눈엔 세상에서 귀중해 보이는 게 하나도 없을 게 뻔한데. 그 아기라고 뭐가 다르겠냐? 그런 대학살에 누구 하나 더 죽인다고 무슨 문제가 되겠냐? 역겹구나. 꼬마야."

멧돼지가 조금 낮은 소리로 낄낄 비웃었다.

"너는 갓조와 다르다고 우기지만, 그렇지 않다. 인간은 모두 한 치도 다르지 않다. 너희는 저마다 이기심과 파괴가 판치는 세상에 살고 있다. 너희는 너희가 두려워하는 생명체를 못살게 굴고 있지만, 너희가 가장 무서워하는 종족은 바로 너희 자신이다. 나는 이 전쟁이 너희를 모조리 매장해 버렸으면 좋겠다. 흔적도 없이 사라지는 게 바로 너희가 바라는 거니까, 난 너희 소원이 이루어졌으면 좋겠다."

우리에 갇힌 동물들은 정교한 조각상처럼 서 있었고, 달빛이 동물들 주둥이를 타고 흐르며 돌바닥에 야생의 본능이 스민 것처럼 그림자를 드리웠다. 토마스는 숨소리도 내지 않고 조용히 앉아서 안드레이만 바라보았고, 안드레이는 선 채로 잔디밭 건너편에 있는 어두운 멧돼지 우리를 바라보았다. 척추를 독침에 쏘인 것 같았다. 멧돼지가 풀려난 건지, 그래서 맞서 싸워야 할지 또는 피해야 할지 몰라서 무슨 움직임이 없나, 무슨 소리가 없나 눈과 귀를 열고 서 있었다. 하지만 그때 그렇게 조심하지 않아도 된다는 걸 알았다. 멧돼지는 풀려나 있더라도 안드레이를 덮치지 않을 것이다. 멧돼지는 안드레이가 그곳에 서서 달빛과 동물들의 매서운 눈초리에 꼼짝 못 하고 나쁜 소리를 잔뜩 듣더라도 안드레이가 품은 것보다 더 많은 용기를 끌어올리길 바랐던 것이다. 멧돼지는 안드레이를 궁지로 몰아서 안드레이가 하고 싶지 않은 것을 선택하게 했고, 증명하기 두려운 것을 증명하게 했다. 안드레이가 결정을 미룬다거나 동물들의 동정을 얻으려 한다면 그것을 받아들이지 않겠다는 뜻이었다.

하지만 나는 그저 아이일 뿐이야. 내가 뭘 한다고? 내가 뭘 할 수 있다고? 안드레이는 따지고 싶었다.

빌마가 까르륵 소리를 내자, 안드레이가 바라보았다. 빌마가 숄 밖으로 손을 내밀어 흔들었고, 안드레이는 암사자가 옳다는 생각이 확실히 들었다. 엄마는 안드레이가 남동생과 여동생을 얼마나 잘 돌보았는지 자랑스러워할 것이다. 동생들을 보면 엄마는 안드레이가 얼마나 애썼는지 알 것이다.

안드레이는 고개를 들고 동물원의 쇠울짱을 둘러보았다. 동물들이 긴장한 채 꼼짝 않고 안드레이를 지켜보았다. 안드레이는 갑자기 고집스럽게 느껴지는 동물들을 되레 쏘아보며 제 생각을 꺾지 않았다. 멧돼지가 위협했다고 배고픈 고양잇과 동물에게 동생을 내주는 일은 없을 것이다.

하지만 배고픈 동물은 많았다. 독수리와 곰과 원숭이와 불범과 늑대, 샤무아와 라마와 캥거루, 암사자와 안드레이,

토마스와 빌마, 틀림없이 멧돼지까지 마음속은 지금 생기 넘치는 무언가를 잃어버리고 웅웅 울고 있었다. 안드레이는 조금 전까지 남자아이였던 자신을 생각했다. 세상이 엄격하지만 공평하다고 믿었던 아이. 그 뒤 이 믿음이 뒤집히는 걸 보았고 터무니없다는 것을 알았다. 새로운 이 세상에서는 연이, 펄럭거리는 연의 그림자를 밟으며 노는 아이들을 배신할 수 있었다. 군인은 훌륭한 전사가 아니라 죄 없는 사람들 가운데에서 희생자를 골라내는 사람이었다. 여자는 아기를 훔치고, 남자는 마을을 쓸어 버렸다. 이건 안드레이가 알고 있는 세계가 아니었다. 세상은 단단하고 차가운 껍질에 싸여 피도 눈물도 없었다.

아무리 그렇다 해도, 안드레이는 여전히 믿었다. 슬픔과 환멸을 느끼면서도 여전히 좋은 세상을 믿고 있는 자신이 아주 놀라웠다. 그리고 선한 것을 찾기가 어려워질수록 그것이 꼭 존재하리라는 믿음은 더욱 굳건해졌다.

안드레이는 이젠 등을 돌리더라도 멧돼지가 덮치지 않을 거라고 굳게 믿으며 멧돼지 우리에서 멀어졌다. 암사자는 우리 구석에 서 있었고 달빛이 암사자 몸에 줄무늬를 드리웠다. 암사자는 안드레이가 한 발 한 발 가까이 오는 것을 지켜봤다. 암사자는 안드레이와 뚜렷하게 달랐지만, 가까이에 선 지금, 안드레이는 자신과 암사자가 함께 품고 있는 게 무엇인지 알았다. 참겠다는 결심.

안드레이는 빌마를 한 팔로 받쳐 안고, 숄을 벗겨 얼굴과 작은 손이 보이게 했다. 그런 다음 빌마의 이마가 창살에 닿을 만큼 가까이 들어 올렸다. 암사자는 바로 거기에 있었다. 꼬리가 획획 흔들렸고, 근육이 떨렸고, 눈빛은 차분하고도 비밀스러웠다. 암사자는 머리를 창살에 갖다 댔다. 수염과 턱, 넓은 이마와 검은 입술, 상처 난 코, 새하얀 볼. 이렇게 가까이 서자, 안드레이는 하루 종일 이글거리는 햇볕을 쬔 듯 암사자의 몸에서 피어오르는 황토색 열기를 냄새로 맡을 수 있었다.

암사자의 각진 황갈색 코는 어른 손바닥만큼 넓었다. 암사자가 코로 빌마의 얼굴을 쿡 찌르는 바람에 짧고 뻣뻣한 주둥이가 빌마를 간질인 게 틀림없었다. 빌마가 얼굴을 찡그리며 코를 훌쩍거렸기 때문이다. 암사자가 젖먹이의 냄새를 들이마신 다음 크게 내뱉자 그 콧바람에 빌마의 성긴 머리가 헝클어졌다. 암사자가 다시 한 번 숨을 내쉬자, 안드레이는 암사자 안에서 심장과 마음을 헤치고 나온 숨결이 따뜻한 돌풍이 되어 지나가는 것을 느꼈다.

암사자가 주둥이를 삐죽거리자, 이빨과 핼쑥한 혀가 언뜻 보였다. 암사자는 중얼거렸다.

"똑같은 냄새가 나. 우리 새끼들한테도 아기랑 같은 냄새가 났어. 꽃가루 같은."

암사자가 다시 한 번 숨을 깊게 들이쉬자, 안드레이는 잃
어버린 새끼 사자들이 아기 향수의 날개를 달고 암사자에게
되돌아오는 것을 보았다.

"아기는 모두 같은 곳에서 오는 게 확실해."

암사자가 말했다. 그러고 나서는 만족스러운 듯이 궁둥이
를 깔고 앉았다.

13. 열쇠

　새벽이 오고 있었다. 아주 가까이서 지켜보던 밤은 동쪽에서 다가오는 깃털 같은 아침의 발걸음 소리를 듣고는 훌훌 떠나려고 검은 말의 고삐를 당겼다. 한밤에 당당하게 빛나던 달이 이제는 아주 칙칙한 천으로 만든 것처럼 보였다. 검푸르던 하늘은 밝은 아침을 맞으려고 희부연 잿빛으로 천천히 바뀌어 갔다. 우리 창살에 이슬이 맺혔고, 캥거루가 그 이슬을 핥아 먹었다. 횃대에 앉은 독수리는 날갯짓을 했다. 어스름한 빛이 슬그머니 다가가 멧돼지 우리를 비추자 우리에는 짚 더미와 안드레이가 넣어 준 비스킷 말고는 눈에 띄는 게 하나도 없었다. 토마스는 벤치에 앉아 추위를 이기려고 자꾸만 발을 흔들면서 조심스러운 눈길로 짚 더미를 보고 있었다. 토마스가 보는 동안에는 지푸라기 하나 움직이지 않았다. 멧돼지는 그 밑에 숨어 있거나, 아니면 어둠이 막 걷힐 무렵 아무도 모르게 자갈길을 따라 탈출했을지도 모른다. 토마스는 어느 쪽이 더 좋은 건지 확신이 서지 않았다.

안드레이는 이미 귀중품과 필요한 물건을 배낭에 다시 쌌다. 빌마는 남아 있던 우유를 실컷 먹고 기저귀를 갈자 토마스의 품에 안겨 잠이 들었다. 이제 토마스는 배낭 안 보금자리에 빌마를 눕히고 금방이라도 떠날 채비를 마쳤다. 빌마는 아침 반나절까지 잠을 잘 테고 깨어날 즈음에는 배가 고프고 기저귀가 젖어서, 지금까지 한 것을 모두 되풀이해야 할 것이다.

안드레이는 벤치에 앉아서 연방 다리를 흔들어 대는 토마스 옆에 앉았다.

"토마스, 가야겠다."

토마스가 형을 보았다. 토마스가 알기로 형은 바바 야가를 만난 뒤로 다시는 낮에 돌아다니지 않겠다고 맹세했다. 그렇긴 하지만 토마스는 물어봤다.

"좀 더 있다 가면 안 돼?"

"안 돼. 먹을 것을 찾아야 해."

그것은 토마스가 받아들일 수밖에 없는 이유였다. 배 속에서 꼬르륵 소리가 났다.

"마을에 가서 먹을 것을 찾아 다시 여기로 올 수도 있지."

토마스가 말했다. 안드레이는 고개를 가로저었다.

"마을에는 먹을 게 하나도 없어. 너도 알잖아. 폭격에 부서지지 않은 것은 쥐와 새가 다 물어 갔다는 걸. 뭘 찾는다고 해도, 넉넉하지 않을 거야. 빌마를 먹일 우유는 없을 테니까."

토마스는 원망스럽다는 듯 눈알을 굴려 배낭 안에서 잠든 여동생 쪽을 보았다. 그런 다음 토마스가 눈길을 돌려 동물원을 몰래 돌아보자, 안드레이는 토마스의 마음이 싸우고 있다는 것을 알았다.

"싫어, 형."

"전에도 그렇게 말하더니. 처음에도 여기 오기 싫다고 했잖아. 이젠 떠나기 싫다고 하네."

안드레이가 웃음을 지었다.

토마스는 뿌루퉁하니 못 들은 척했다. 동물들은 창살 안쪽에서 몸을 쭉 펴기도 하고, 발을 핥거나 쿵쿵대며 하루가 다가오는 냄새를 맡으면서 졸린 듯 움직이고 있었다. 늑대가 입을 쩍 벌리고 하품을 했다. 라마는 귀를 흔들었다. 밝은 햇살에 비치는 동물들은 밤에 본 것보다 더 형편없어 보였다. 뼈가 앙상하게 드러났고 털은 비듬투성이에 우리는 좁고 지저분했다. 토마스가 안달하며 얼굴을 찡그렸다.

"동물들을 그냥 두고 갈 순 없어. 그건 옳지 않아, 형."

토마스가 단호한 투로 속삭였다.

"나도 알아."

"돌봐 줄 사람도 없단 말이야!"

"그래, 없어. 나도 알아."

"도움이 필요하다니까!"

"나도 알아, 토마스."

"그럼 어떻게 할 건데?"

"자유롭게 풀어 줄 거야."

토마스는 숨을 헉 들이쉬며 은근한 눈길로 형을 보았다. 형은 용감하고 친절하며 기적을 일으킬 사람이니 절대 동물들이 죽게 내버려 두고 떠나지 않을 것이다. 토마스는 형을 다르게 생각했던 게 부끄러워서 허둥지둥 일어서며 재빨리 말했다.

"그래! 근데 어떻게? 어떻게 할 수 있을까?"

안드레이가 어깨를 으쓱했다.

"이건 우리야. 그러니까 틀림없이 열쇠가 있을 거야. 열쇠를 찾아서 풀어 주면 동물들은 알아서 제 보금자리를 찾아갈 거야."

토마스는 너무 좋아서 두 손을 꽉 쥐고 동물원 주위를 둘러보았다. 캥거루가 단풍나무 주위를 경중경중 뛰고 원숭이가 나뭇잎 사이에서 곡예하듯 매달리는 장면을 그려 봤다.

"우린 안 물 거야, 그렇지?"

토마스가 갑자기 의심스러운 듯 물었다. 안드레이가 고개를 끄덕이자 토마스가 부끄러운 듯 말했다.

"그래, 안 물 거야. 우리 문을 열어 주면 그냥 달려가 버릴걸. 뒤도 안 돌아보고 말이야. 독수리는 날아갈 거고. 물범은 어떻게 가지?"

안드레이가 머뭇거리며 눈을 내리깔자, 토마스는 안드레이가 물범을 잊었다는 것을 알았다. 땅거미가 질 무렵에 생기는 그림자처럼 앞뒤로 왔다 갔다, 왔다 갔다 헤엄치는 물범을 아무도 없는 동물원에 혼자 둘 수는 없었다. 그렇다고 수조에서 나오게 해서 부러진 목재나 불타 버린 그루터기 사이를 뚫고 마을을 뒤뚱거리며 지나가게 할 수도 없었다. 토마스는 생각에 잠긴 형을 지켜보았다. 형은 생각하느라 눈길을 돌리며 물범을 어떻게 할지 궁리했다.

"마린 삼촌이라면 어떻게 할지 알았을 텐데."

토마스가 귀띔을 해 주려는 듯 말했다.

"수레!"

안드레이가 손가락을 튕겼다.

"수레를 찾아서 물범을 싣는 거야. 그런 다음 강으로 밀고 가 강에 풀어 주면 물범이 강을 따라 바다로 헤엄쳐 갈 수 있겠지."

"똑똑하다!"

토마스는 무척 기뻤다. 안드레이가 벤치에서 일어나 발을 내디뎠다.

"늑대한테 말하자."

어둠이 물러가면서 늑대의 적갈색 털이 몰아치는 진눈깨비 같은 회색으로 바뀌었다. 형제가 다가가자 늑대는 형제한테서 눈을 떼지 않은 채 일어나 앉았다. 안드레이는 창살 쪽에 멈춰 서서 손으로 창살을 잡았다.

"늑대야, 토마스랑 빌마랑 나는 여기 머물 수 없어. 군인이 우리를 찾고 있거든. 하지만 갇힌 너희를 두고 떠나지는 않을 거야. 우리 문을 열어서 너희를 풀어 줄게. 너희가 우릴 물지 않을 걸 알아. 너랑 곰, 샤무아는 산으로 집을 찾아갈 수 있을 거야. 괜찮다면 멧돼지랑 같이 갈 수도 있겠지. 독수리는 날아갈 수 있을 테고. 암사자랑 라마랑 캥거루랑 원숭이도 너랑 같이 산으로 갈 수 있을 거야. 거기가 집이 아닌 것은 알지만 여기 동물원에 있는 것보단 나을 테니까. 물범은 우리가 수레에 싣고 강으로 데려갈게. 여기서 멀지 않은 곳에 강이 있거든. 강을 따라 헤엄쳐 내려가면 바다에 닿을 수 있을 거야. 그럼 너희 모두 자유의 몸이 되는 거야."

늑대의 꿀 색깔 눈에 세찬 바람이 부는 삭막한 산이 스쳐 지나갔다. 동물들이 창살 사이로 서로를 바라보았고, 곰은 털이 헝클어진 머리를 들었다.

"얘들이 우리를 열겠다고 말한 거야?"

"문을 열겠다고 말했어!"

"난 들었어, 쟤가 말하는……."

"맞아, 그렇게 말했어. 문을 열겠다고……."

"문을 열겠대. 우릴 풀어 준대!"

샤무아가 깡충깡충 돌며 신이 나서 노래를 불렀다. 원숭이는 깍깍거리며 펄쩍 뛰어올라 쇠창살을 가로질러 잽싸게 뛰어다녔다. 암사자는 다급하게 울며 빠르게 걸었다. 토마스는 폴짝폴짝 뛰었고, 독수리는 횟대를 서성거렸다. 샤무아가 깡충깡충 뛰다가 우뚝 멈추고 말했다.

"나 먼저 풀어 줘야 해. 저 암사자보다 내가 먼저 나가야만 한다고!"

곰이 이리저리 뒤척이다가 마침내 일어나 앉았다.

"그게 확실히 안전할까?"

안드레이가 덩치 큰 곰을 돌아보며 대답했다.

"아니, 안전하지 않을 거야. 위험할 수도 있어. 산은 멀리 떨어져 있고, 전쟁은 여기저기 사방에서 벌어지고 있잖아. 너 흰 밤에만 움직여야 하고 조심해야 해. 사람들과 멀리 떨어져 있어야 하고, 말도 걸면 안 돼. 아주 많은 위험이 도사리고 있어. 하지만 여기에 있는 것도 위험해. 여기엔 군인이 있어. 우르릉거리는 비행기도 있고. 동물원 우리에 산다면 꼼짝 못 할 거야."

"나는 무서울 거 같아."

캥거루가 결심한 듯 말했다.

"무서워하지 마! 무서워할 것 없어. 너는 자유의 몸이 되는 거야!"

토마스가 외쳤다. 이 작은 동물 때문에 토마스는 몹시 슬펐다. 그러자 라마가 새침하게 말했다.

"자유는 언제나 멋지지. 하지만 이게 잘하는 걸까? 우리가 동물원을 떠나면 누가 우릴 돌봐 주지? 누가 먹이와 물을 갖다 줘? 누가 지푸라기를 새로 깔아 주고? 잠은 어디서 자? 비가 오면 어떻게 하지? 외로워지면…… 누구랑 이야기해? 무슨 나쁜 일이라도 일어나면……. 언덕에서 굴러떨어지면 어쩌지?"

토마스가 해맑은 아이처럼 팔을 쫙 벌리며 말했다.

"스스로 자신을 돌봐야겠지! 방법을 알게 될 거야. 모두 스스로 돌보는 법을 배워야 해. 나도 어릴 때 신발 끈을 못 맸어. 하지만 배운 다음엔 잘할 수 있다고!"

"애들은 달이 두 번 바뀌는 동안 스스로를 돌보며 살았어. 애들이 시원찮은 머리로도 살아남은 걸 보면, 너도 할 수 있을 거야."

샤무아가 아이들을 깔보며 말했다.

"우린 서로 돌봐 줄 수 있어."

캥거루가 말해 주어도 라마는 마음을 놓지 못했다.

"난 차라리 여기 남을래. 너무 무서울 것 같아."

"정말 무섭긴 해, 가끔은."

토마스가 일단 라마 말을 인정한 다음 말을 이었다.

"하지만 무서운 일을 겪다 보면 용감해질 거야."

그러자 안드레이가 말했다.

"그냥 우리를 믿기만 하면 돼. 너흰 원래 쇠창살에 갇혀 살지 않잖아. 처음부터 그렇게 살아야 하는 건 없어. 언덕에서 굴러떨어지고, 외롭고, 스스로 먹이를 찾아야 하고, 비가 오면 비를 맞아야 하는 거야. 그건 네가 살아 있으니까 일어나는 일이야."

"네가 너의 빈자리를 채울 때 말이지."

곰이 말했다.

"겁이 나겠지. 하지만 속으로는 괜찮아. 마치 맑은 날 환한 해처럼, 알겠어?"

라마는 확실히 마음을 놓지 못하는 것 같았다. 그러더니 바로 다음 순간 깊은 생각에 빠졌다.

"난 가끔 파란 꽃을 먹는 꿈을 꿔. 아주 맛있는데, 꿈에서도 그 꽃을 내가 먹을 거란 생각에 행복하지. 하지만 현실에서는 파란 꽃을 한 번도 못 봤어. 저 아래 풀밭에서 하얀 꽃이 자라는 것은 보았지만. 파란 꽃 같은 게 있을까?"

"세상엔 온갖 꽃이 있어! 파란 꽃, 노란 꽃, 빨강과 분홍

과 초록빛이 나는 꽃. 수백 가지나 된다니까! 네가 자유로워
지면 모두 먹을 수 있어!"

토마스가 웃었다.

"아니. 난 오직 파란 꽃만 먹고 싶어. 그게 제일 맛있다고
누가 말해 줬거든. 나도 내가 그걸 어떻게 알았는지 몰라, 하
지만 알아. 아무도 안 믿어도 상관없어."

라마가 말했다. 안드레이는 늑대 쪽으로 몸을 돌렸다.

"우리는 열쇠가 필요해. 동물원 주인이 특별히 열쇠를 두
던 데가 있니?"

"그래, 있다."

늑대가 말했다.

"어디? 틀림없이 가까이 있을 거야. 벽돌 밑에 숨겨 놓았
거나, 아니면 여물통에 묻어 놓았을지도……."

"열쇠를 두던 특별한 곳은 주인의 외투 주머니다."

안드레이의 마음속에 늑대가 한 말의 뜻이 스며드는 데
잠시 시간이 걸렸다. 이윽고 안드레이가 말했다.

"사자와 함께 떠날 때 주인이 그 외투를 입고 있었어?"

"주인은 어딜 가든 그 외투를 입고 다닌다."

안드레이는 고개를 끄덕였다. 쇠창살 잡은 손을 바꿔 잡
았다.

"예비 열쇠는 없어? 틀림없이 있을 텐데."

"당연히 있다. 열쇠를 하나만 갖고 있는 건 어리석은 짓이다."

"그럼 그렇지. 어디에 있는지 알지, 늑대야?"

늑대는 눈도 깜빡하지 않고 안드레이를 똑바로 바라보았다. 안드레이는 그 눈길을 피하고 싶었지만, 그러지 않았다.

"딱 한 번, 알리체가 친구한테 예비 열쇠에 대해 말하는 것을 들었다. 기차를 날려 버리기 바로 전날 밤이었고, 친구들은 들떠 있었다. 비밀 모임을 가지려고 동물원에 들어올 때 예비 열쇠를 썼다. 그날 밤, 알리체는 잊지 말고 열쇠를 원래 있던 자리, 집 복도 고리에 다시 걸어 놓아야 한다고 했다."

마음속으로 안드레이는 동물원 쇠울짱 너머 폭삭 무너진 마을을 보았다. 집은 더 이상 사람 사는 곳이 아니라 돌무더기일 뿐이었고, 거리는 거리가 아니라 조각난 삶으로 이루어진 끔찍한 걸림돌일 뿐이었다. 안드레이는 창살에 이마를 대고 눈을 감았다. 토마스가 물었다.

"왜 그래, 형?"

안드레이는 눈을 뜨고 늑대에게 말했다.

"미안해."

"무슨 일이야?"

샤무아가 창살 밖을 자세히 살펴보려고 목을 길게 빼며 물었다.

"열쇠가 없다."

동틀 무렵에 늑대가 알렸다.

"열쇠가 없다고? 바보 같구나. 열쇠가 없다니! 자물쇠가 있으면, 자물쇠에는 열쇠가 딸려 있고, 그러니 반드시 열쇠 가……."

라마가 코를 힝힝거리며 말했다.

원숭이는 아주 조용했고, 보석 같은 눈동자로 흘깃 쳐다 보았다. 원숭이는 안드레이와 토마스와 빌마를 보다가 분홍 빛 입술을 뒤집어 희고 단단한 이빨을 드러냈다. 그러더니 폭 발하듯 소리소리 지르고 밧줄에서 밧줄로 몸을 날려 창살을 가로질러 내달리며 울부짖었다. 미친 듯 달려들어 귀청이 떨 어져라 먹이통을 돌바닥에 쾅쾅 내리쳤다. 캥거루는 겁에 질 려서 구석으로 달려가 발을 굴렀다. 라마는 나팔 소리를 내며 울다가 미끄러운 돌바닥을 잽싸게 내달렸다. 암사자는 원숭 이와 갈라놓은 창살로 달려가 그 사이로 발을 밀어 넣으려 애 쓰며 몸을 구부리고 으르렁댔다. 곰은 앞발을 들고 똑바로 서 서 성난 소리로 크게 울부짖었다. 토마스는 형을 밀어내고 늑 대 우리에 달려들어 주먹으로 창살을 두드렸다. 싸늘한 공기 를 타고 고통과 분노와 배신이 날카로운 파열음을 터뜨렸다. 안드레이는 토마스의 옷깃을 잡고 홱 당겨 토마스를 들어 올 렸다.

"그만! 이러지 마!"

안드레이가 외쳤다.

"말도 안 돼! 말도 안 돼, 말도 안……."

토마스가 몸부림쳤다. 안드레이가 토마스를 흔들었다.

"그만해, 말했지! 군인이 듣는단 말이야!"

원숭이는 마지막으로 먹이통을 내려치고 구석에다 던져 버리더니 아이들한테서 등을 돌렸다. 캥거루는 엎드려 헐떡 거리며 하늘을 향해 눈알을 굴렸다. 주저앉은 라마는 찌르르 한 느낌이 가죽 사이로 퍼지는 것 같았다. 곰은 네 다리를 벌 려 돌바닥에 푹 엎드렸다. 토마스의 눈에는 눈물이 그렁그렁 했다. 토마스는 안드레이에게서 놓여나자 불행하게도 앞이 안 보이는 사람처럼 이리저리 비틀거렸다.

"형! 이건 불공평해! 어떻게 해야 해?"

토마스는 숨이 막혀 말을 제대로 잇지 못했다.

"아기를 꺼내 봐. 너 때문에 빌마가 깼잖아."

안드레이가 짧게 말했다.

토마스는 한 손으로 눈물을 훔치며 다른 손으로 빌마를 배낭에서 꺼냈다. 그런 다음 슬픈 눈으로 안드레이가 무언가 를 찾으려고 배낭을 뒤지는 것을 바라보았다. 안드레이는 그 날 밤 마을 길에서 두 번째로 찾은 코르크 따개를 밝은 빛에 비춰 보았다.

"맞아! 그게 좋겠어, 형!"

토마스가 힘차게 고개를 끄덕였다.

토마스는 빌마를 어르면서 확신에 차서 형이 늑대 우리의 자물쇠에 코르크 따개를 살짝 꽂고 살살 돌리는 모습을 말없이 지켜봤다. 늑대는 우리 가운데로 천천히 움직이며 쇠와 쇠가 부딪쳐 삐걱거리는 소리에 귀를 쫑긋했다. 처음엔 조심스럽게 코르크 따개를 돌려 보았지만 걸쇠가 걸리지 않았다. 그래서 다음엔 좀 더 신중하게 천천히 코르크 따개를 꽂고 비틀며 문을 밀고 흔들어 보았다. 하지만 걸쇠는 움직이지 않고 잠금장치 사이에 단단히 맞물려 있었다. 안드레이는 욕을 하며 뒤로 물러서서 눈가로 내려온 머리카락을 쓸어 올렸다. 토마스와 동물들은 안드레이가 물범 우리로 가서 다시 자물쇠 구멍으로 코르크 따개를 꽂아 문을 열려고 애쓰는 모습을 지켜봤다. 따야 할 자물쇠는 더 있는데 뭔가 불길한 일이 벌어졌다. 코르크 따개가 활처럼 휘어 버린 것이다. 안드레이는 마지막으로 온 힘을 모아 휜 코르크 따개를 암사자 우리의 자물쇠에 꽂아 넣었다. 고양잇과 동물은 귀를 납작하게 붙인 채 곁눈질로 안드레이를 지켜보았다. 토마스는 형이 최선을 다했지만 자물쇠를 열지 못하는 것을 가만히 지켜볼 수 없었다. 형의 어깨가 처지자 서둘러 달려가서 말했다.

"상관없어, 형. 형 잘못이 아니잖아! 다른 방법을 찾아보……."

문을 못 열자 안드레이는 화가 나서 발을 구르며 코르크 따개를 잔디밭에 내던져 버렸다. 바보 같은 전쟁, 바보 같은 군인, 바보 같은 코르크 따개, 바보 같은 열쇠. 모든 것이 안 좋게 돌아갔고, 모든 것이 안드레이를 이기려고 몰려들었다. 안드레이는 뼛속 깊이 피곤함을 느끼며 창살에 몸을 기댔다. 사람들을 피하며 숨기에 지쳤고, 기회를 날려 버리는 것에 지쳤다. 걱정하고 결정을 내리고 책임을 지고 억지로 참는 것에 지쳤다. 갖고 있는 것을 빼앗기는 것에 지쳤다. 마음속 무거운 짐에 지쳤다.

자물쇠가 얼마나 차가운지 손이 다 얼얼했다. 신발은 축축했고, 배 속은 비었고, 머리카락은 엉켰고, 머리는 아팠다. 눈을 감으니 밤의 어둠이 아니라 또 다른 하루를 밝히는 희부연 빛이 보였다. 빛은 산처럼 냉정하고 채찍질처럼 무시무시했다. 도와주세요, 소원이에요. 안드레이는 기도했다.

안드레이는 귀를 기울였지만 아무 소리도 듣지 못했다. 숨소리도, 목소리도, 발소리도, 심지어 나뭇잎의 속삭임조차 들리지 않았다. 그 순간이 얼마나 조용하던지 뜻밖에 세상이 사랑스럽고 편안했다. 눈을 뜨자, 안드레이는 암사자와 눈이 마주쳤다. 잠깐 동안 암사자는 다른 무엇처럼 보였다. 눈길을 돌리면서 안드레이가 알렸다.

"우리도 남을게. 너희 가운데 하나도 못 떠나면, 우리도 떠날 수 없어."

토마스는 깜짝 놀라 숨을 죽였다. 동물들은 그저 물끄러미 바라보기만 했다.

"안드레이, 엄마가 뛰라고 했잖니."

암사자가 말했다. 안드레이가 암사자 쪽으로 돌아섰다.

"알아. 하지만 엄마는 틀림없이 어딘가로 뛰라고 말한 걸 거야. 여행할 때, 난 어디로 가고 있는지 몰랐어. 길이 이끄는 대로, 무슨 일이 생기면 생기는 대로 가만히 있었어. 그저 정처 없이 걷는다고 생각했어. 하지만 내가 틀렸을지도 몰라. 우린 여기를 향해 걸어왔는지도 몰라. 엄마가 우리한테 여기로 뛰라고 한 건지도 몰라. 여기가 토마스와 내가 채워야 하는 자리인가 봐."

"그래, 맞아. 만일 엄마가 우릴 찾고 있다면, 여기로 올 거야."

토마스가 높은 소리로 말했다.

암사자가 구불구불한 꼬리를 가볍게 흔들며 오래오래 아이들을 바라보았다. 안드레이는 암사자의 눈길에 맞서듯 서 있었다. '모든 전쟁은 모두의 전쟁이야, 사자야. 모든 삶은 모든 이의 전투야.' 하고 말하고 싶었다. 하지만 안드레이는 이렇게 말했다.

"우린 여기 머무를 거야. 그리고 너흴 돌볼 거야. 군인이 오면 숨을 데를 찾으면 돼. 너희가 먹을 먹이와 물과 지푸라기를 찾을 거고, 갖고 놀 것도 찾을 거야. 모래주머니를 날라다 쌓아 폭격에 대비할 거고, 우리에 지붕을 씌워 비바람이 들이치지 못하게 할 거야. 나무로 벽을 쌓아서, 혼자 지낼 수 있도록 해 줄 거야. 하지만 우리가 하게 될 일은 거의 다 찾는 일일 거야. 창살을 자를 쇠톱이나, 창살을 끊을 쇠지레를 찾아다니겠지. 그리고 예비 열쇠도 찾아다닐 거야. 틀림없이 어딘가에 있겠지. 거리를 다 뒤져서라도 동물원 주인네 집을 찾아내고, 그 집이 그저 돌 더미일지라도 거기 있는 열쇠를 찾아낼게. 틀림없이 거기 있을 거야. 얼마나 걸릴지 그건 나도 몰라. 하루나 한 달, 어쩌면 꼬박 일 년이 걸릴지도 모르겠다. 하지만 우리는 찾을 거야, 암사자야. 난 그러고 싶어."

토마스도 분명히 말했다.

"나도 그렇게 할 거야, 다른 걸 하느니."

샤무아는 못마땅한 듯 매애 울었다.

"어찌나 고마운지! 정확히 너희가 원하는 것을 하며 살겠다는 거네! 그러지 못하는 우리를 동정하는 거잖아! 멧돼지가 옳았어. 사람은 다 똑같아. 처음에 우리는 동물원 주인의 포로였고, 이젠 두 꼬마의 포로가 되었군. 주인은 돌아오겠다고 했지만 안 왔고. 너흰 열쇠를 찾겠다고 말하지만 그럴 수 없을 거야. 잠깐 찾아보긴 하겠지만 그다음엔 싫증이 나겠지. 그런 다음엔 다른 사람들처럼 가 버릴 거야."

염소를 닮은 잘생긴 짐승이 붉게 달아오른 얼굴로 서 있었다. 뿔이 새벽빛을 받아 흑단처럼 반짝였다. 다른 동물들이 샤무아와 안드레이를 번갈아 바라보았다. 안드레이는 도전장을 내민 샤무아를 엄한 눈길로 바라보며 말했다.

"그렇지 않아, 샤무아야. 손에 열쇠를 쥐고 있는 건 아니지만, 난 이미 열쇠를 가졌어. 내가 할 일이라곤 열쇠를 찾아내는 것뿐이야. 그리고 난 찾을 거야. 열쇠를 찾는 건 쉬울 거야. 두고 보면 알아."

"쳇, 말은 잘하는군."

"난 믿어. 너희가 열쇠를 찾을 거라 생각해."

캥거루가 말했다.

"나도 그래, 너흴 믿어."

곰이 맞장구쳤다.

"그다음엔 어떻게 되는데?"

라마가 물었다.

"어떻게 될지 그건 그다음에 말해 줄게."

안드레이가 말했다.

샤무아는 역겹다는 표정을 짓더니 어두운 구석으로 물러갔다. 토마스는 벤치에서 몸을 비켜 안드레이에게 앉을 자리를 내준 다음, 팔을 내미는 안드레이에게 빌마를 건넸다. 작고 따뜻한 아기를 껴안으며 안드레이는 하늘을 올려다보았다. 하늘에는 별 서넛이 흐릿하게 빛나고 있었고, 달은 졌지만 해는 아직 뜨기 전이었다. 바람 한 점 불지 않았고, 살아 있는 것은 그 무엇도 소리 내지 않았다. 아주 잠깐 동안 땅과 시간과 삶 자체가 고요하게 머물러 있었다.

안드레이는 눈을 감고 마린 삼촌이 가르쳐 준 것을 빠짐 없이 생각해 보았다. 기억을 더듬다 보니 난롯가에서, 머리맡에서, 강둑길에서 삼촌이 해 준 말이 들려왔다. 어둠 속에서 안드레이는 세상이 드러내 보여 주는 것을 보았다. 마음속에서, 안드레이는 열쇠를 꽂아 돌렸다.

14. 탈출

아이들은 첫 번째로 독수리를 풀어 주었다. 이국적으로 생긴 커다란 새는 경첩이 삐걱거리며 우리 문이 밖으로 열리는 것을 바라보았다. 쇠창살 사이에 생긴 큰 틈을 잠깐 동안 믿지 못하는 것 같았다. 하지만 그때 틈 사이로, 독수리의 발톱 자국 같은 검은 줄이 없는, 네모난 파란 하늘을 보았다. 독수리는 횃대에서 몸을 던지듯 문을 뚫고 솟구치면서 탁자만큼 넓은 날개를 펼쳤다. 깃털이 처음으로 커다랗게 세상을 휩쓸 듯 움직이자 그 바람결에 동물원 잔디가 납작 엎드렸다. 독수리는 아침 공기를 나선형으로 가르며 해를 향해 힘차게 날아올랐다. 독수리는 목청을 돋워 얼음송곳 같은 날카로운 울음소리를 냈다. 하얀 하늘을 바탕으로 칠흑같이 검은 윤곽을 드리우더니 얼마 지나지 않아 한낱 작은 점에 지나지 않게 멀어져 갔다.

아이들은 차례로 우리 문을 열었다. 곰은 돌바닥을 디디며 걸어 나와 발톱이 잔디밭에 닿자 숨을 들이마셨다. 햇빛을 받은 적갈색 털이 껴안고 싶을 만큼 따뜻해 보였다. 원숭이는 문이 활짝 열릴 때까지 기다리지 못하고 재잘거리며 좁은 틈으로 쏜살같이 달려 나갔다. 암사자는 머뭇거리며 빗장이 풀린 쪽을 향해 이빨을 드러냈다. 열린 문을 조심스럽게 킁킁거리다 마침내 믿기로 마음먹었다. 삐걱거리는 문소리를 들은 물범은 헤엄치다 말고 머리를 들었다. 단번에 멋지게 물 밖으로 튀어나와 돌바닥을 가로질러 잔디를 미끄러지더니 지느러미발로 버티고 섰다. 늑대는 풀려나자 멋지게 잔디로 뛰어들더니 황홀한 듯 잔디에 등을 대고 데굴데굴 굴렀다. 멧돼지는 지푸라기 밑에서 꾀죄죄한 입을 쑥 내밀고 자유를 되찾은 걸 알아차리더니 모습을 드러내고는 부르르 힘차게 몸을 떨고서 말끔한 다리로 종종걸음을 걸으며 밖으로 나왔다. 샤무아는 빠져나가고 싶은 마음이 너무나 간절해서 뿔로 창살을 들이받다가 조금 열린 문을 밀고 나와 나무 둘레를 껑충껑충 뛰었다. 라마는 햇빛 아래 감정이 풍부한 눈을 껌벅이며 점잖게 나오더니 잠깐 망설이다가 긴 목을 숙여 잔디를 야금야금 먹었다. 캥거루는 발과 꼬리로 균형을 잡으며 불안한 듯 열린 문으로 다가왔다. 발밑에 땅이 닿자 캥거루는 흐느적거리는 발을 사방으로 뻗으며 기쁨에 넘쳐 튀어 올랐다.

동물들은 우리와 인어 조각상과 단풍나무, 열린 문을 돌아보지도 않고 동물원에서 걸어 나갔다.

원숭이는 잿더미가 된 마을에서 척척 길을 찾으며 동물들을 이끌었다. 지나가는 동물들을 보고 놀라는 노인과 어리둥절해하는 아기와 너무 깜짝 놀라 말문이 막힌 군인 들을 바라보며, 동물들은 아주 작은 마을을 지나고 강을 건너 산을 향해 북쪽으로 길을 잡았다. 때때로 쉴 때면 동물들을 애완동물로 생각하고 쓰다듬으려 하는 어린아이들이 주위로 몰려들었다. 암사자는 쭈그리고 앉아 으르렁댔고 늑대는 긴 이빨을 드러냈지만, 라마와 원숭이는 버터 바른 빵을 얻어먹은 보답으로 아이들이 어루만지도록 가만히 있었다. 전쟁에 지친 마을을 지나갔고, 전쟁이 못 본 체한 마을도 지나갔다. 무너진 집을 밟고 지나가기도 했고, 꽃으로 알록달록한 목초지를 디디며 지나가기도 했다. 물범과 곰의 느린 걸음에 맞춰 천천히 여행했다. 캥거루와 원숭이는 앞장서 뛰어갔다가 되돌아와서 앞쪽 골목에 무엇이 있는지 알려 주었다. 멧돼지조차 기분이 좋았다. 멧돼지는 특별히 냄새를 잘 맡는 코로 들판에서 버섯도 찾아내고 땅속에 자라는 채소도 찾아냈다. 이따금 저 위 높은 곳, 따뜻한 공기층에 날개를 편 독수리의 모습도 얼핏 보였다.

마침내 농장과 도로는 산악 지대에 쌓인 돌과 벼랑에게

길을 내주었다. 이 거친 땅속에는 금과 수은과 석탄이 묻혀 있었다. 톱니처럼 뾰족뾰족한 지대를 가로지르니 참나무와 전나무가 자라는 깨끗한 숲이 나왔다. 이 황량한 지역에는 바람이 차갑게 불었고, 자갈 구르는 소리나 가지 부러지는 소리처럼 아주 작은 소리도 시끄럽게 울려 퍼져 귀에 거슬렸다. 아이들과 동물들 무리는 오르고 올라 사방에 산봉우리와 숲만 보이는 곳에 이르렀다. 그곳에서 마침내 독수리는 구름 사이로 사라져 버렸다.

인적이 드문 산은 늑대와 곰, 샤무아, 멧돼지의 고향이었다. 고향 땅이 동물들의 다리를 타고 올라가 귓가에 다다라서 속삭이자 동물들은 갑자기 무법자가 되었다. 작별 인사도 없이 바로 등을 돌려 꼬리를 휘두르며 성큼성큼 돌먼지를 날리며 덤불 사이로 사라졌다. 다시 만나기라도 한다면 그땐 곰과 늑대와 멧돼지, 샤무아가 까마득한 옛날부터 그랬던 것처럼 맞수나 천적이 되어 있을 것이다. 동물원에서 함께 지냈던 삶은 잊어버렸을 것이다.

남은 동물들은 앞서 다른 동물들이 달려가는 뒷모습을 보다가 여행을 다시 떠나기 전에 잠시 숲이 내주는 먹이를 먹으면서 쉬었다. 기분이 좋아지고 생기를 되찾자, 아이들과 동물들은 다시 길을 떠났고, 전쟁에 져서 연기가 피어오르는 작은 마을과 큰 도시를 돌아 마침내 기쁜 마음으로 출렁이는 바다에 닿았다. 아주 긴 항해가 기다리고 있었기에 뗏목에다 먹을 것을 잔뜩 실었다. 초록빛 바닷물이 견딜 수 없이 차가워지고 깊어지자마자 물범은 축가도 듣지 않고 물속으로 미끄러져 들어갔다. 깊은 바다로 재빠르게 헤엄쳐 들어가서 고리 모양으로 빙글 돈 다음 되돌아와 물 위로 멋지게 솟구쳤다. 반짝이는 눈동자에 흰 구름이 비치더니, 물범은 몸을 돌려 지느러미발을 가볍게 휘저으며 영원히 사라졌다.

물범 친구가 빠르게 사라졌지만, 뗏목에 탄 아이들과 동물들은 슬퍼하지도 않았고, 참고 기다리지도 않았다. 암사자는 항로를 바꿔 뗏목을 남쪽으로 돌리는 것을 지켜보면서 뱀처럼 생긴 꼬리를 가만두지 못하고 흔들어 댔다. 남쪽으로 가는 뱃길 여행은 몹시 힘들었다. 암사자는 물을 싫어하는 고양잇과 동물의 본능을 가지고 있었다. 짓궂게 키와 돛을 만지작거리는 원숭이 때문에 암사자는 마음이 더 조마조마했다. 누렇게 마른 모래가 펼쳐진 바닷가에 이를 무렵, 암사자는 더 이상 참을 수 없었다. 겁에 질려 뗏목에서 갑자기 뛰어나가더니, 있는 힘껏 재빠르게 달려가 버렸다. 발밑 모래가 흙으로 바뀐 것을 느낀 뒤에야 암사자는 평평하고 푸른 대초원이 눈앞에 펼쳐진 것을 보았다. 멀리서 수사자가 천둥처럼 큰 소리로 부르자 암사자는 자유롭게 달려갔다.

암사자가 보이지 않게 되자, 아이들은 뗏목을 서쪽으로

돌려 보이지 않는 선 적도를 따라 드넓은 바다를 가로질렀다. 큰 파도가 끊임없이 부서지며 위에서 덮쳐 와 뗏목이 요동쳤고 뗏목을 탄 여행자들은 저절로 비명이 나왔다. 항해가 몇 주 동안 계속되는 가운데 동물과 아이 들은 똑같은 이야기를 하고 또 했고, 비록 숨을 곳 하나 없었지만 숨바꼭질을 하며 놀았다. 마침내 땅이 소리 소문도 없이 솟아올라 눈에 보이기 시작했다. 살짝 흥분한 원숭이는 애가 탄 나머지 친구들이 밀림에 발을 들여놓자 고약하게 굴었다. 앞으로 뛰어가 사라지더니 때맞춰 돌아와서 캥거루를 괴롭힌 뒤, 참새만 한 거미를 꺼내 라마 앞에 흔들어 댔다. 마침내 원숭이는 자기와 똑같이 생긴 뻔뻔한 갈색 얼굴의 원숭이 무리가 큰 나뭇가지 사이에 쪼그리고 앉아 있는 것을 보았다. 원숭이 무리는 낯선 원숭이를 보고 큰 소리로 떠들어 댔다. 원숭이는 재빨리 나무를 타고 가서 무리와 함께 나뭇가지에 자리를 잡고는 잘난 체하며 쌀쌀맞게 꺅꺅 소리를 질렀다.

동물들이 거의 떠나가고 남은 친구들은 서둘러 길을 떠나 대륙을 가로질러 라마의 고향인 작은 언덕 지대로 갔다. 이곳에서는 구름이 낮게 떠다니면서 비를 흩뿌렸다. 공기는 물기를 잔뜩 머금고 있어 숨 쉬는 것이 이상하게 힘겨웠다. 돌밭에는 창처럼 뾰족한 은빛 풀이 자라나고 있었다. 저 멀리 머리를 높이 들고 생각에 잠긴 채 이곳을 바라보는 야생 라마

떼가 보였다. 라마도 무리를 알아보고 울부짖으며 그쪽으로 또각또각 천천히 멀어져 갔다. 라마는 무리 가운데에 서서 옛 친구들을 돌아보았다. 조금 지나자 이쪽을 보는 라마 가운데 어떤 라마가 옛 친구였는지 알아보기 힘들어졌다.

이제 세 아이와 캥거루만 남았다. 토마스는 우리 앞에 쭈그리고 앉아 작은 생물에게 물었다.

"캥거루는 어디에 사니?"

"나도 몰라."

캥거루가 대답했다. 캥거루는 길을 잃었다. 토마스는 잔디밭 너머 형을 바라보았다.

"우리가 데리고 있을 수 있을까?"

"안 돼. 생각 좀 해 보자."

안드레이가 말했다. 안드레이는 손톱을 깨물며 마린 삼촌이 들려준 이야기를 생각하려 애썼다. 동물의 참된 모습은 모양에 들어 있어. 몸이 참된 모습을 말해 주는 거야.

"캥거루는 털이 짧은 걸 보니 태양이 빛나는 곳에서 온 것이 틀림없어. 여행하기에 좋게 다리가 긴 걸 보니 넓은 땅에서 온 게 틀림없어. 색깔이 칙칙하니까 그곳엔 바위와 맨땅이 있을 거야. 뭐 떠오르는 거 없어, 캥거루야?"

유대목 동물은 마치 이상한 새소리를 듣기라도 한 양 귀를 쫑긋했다.

"내 생각에 거긴 멀어. 바다 건너에 있어."

"좋아. 우리한텐 뗏목이 있으니까 어디든 갈 수 있어."

그래서 아이들과 캥거루는 뗏목의 방향을 돌려 어마어마한 바다를 가로질러 마침내 캥거루가 살았던, 해가 밝게 빛나는 넓은 땅에 닿았다. 캥거루는 깡충 뛰어 제비가 하늘을 뚫고 날아가듯 아주 빨리 달려서 듬성한 덤불과 향기로운 나무 사이로 아스라이 사라져 갔다.

"잘 가! 보고 싶을 거야! 돌아오지 마."

토마스가 달려가며 크게 외쳤다.

아이들을 감싸고 있는 아지랑이는 멀리 떨어진 땅에서 이글거리는 햇빛이 아니라 축축한 새벽안개였다. 발밑 돌은 바위투성이 산비탈이 아니라 반들반들한 우리 바닥이었다. 그래도 동물들은 발밑에 밟힌 나뭇잎, 귀를 납작 낮춰야 하는 돌풍, 냄새나는 길과 같은 종의 다른 동물이 할퀸 자국을 꿈꾸며 엎드려 있었다. 토마스는 만족스럽게 한숨을 내쉬더니 두 손을 허리께에 올린 채 구부정하게 서 있었다.

"이제 형하고 나하고 빌마만 남았네. 우린 어떻게 하지?"

"우린 해적이 될 거야."

안드레이는 한 손으로 한쪽 눈을 가리며 말했다.

"우린 세상을 돌고 돌아 보물을 묻고, 칼싸움을 할 거야. 마린 삼촌을 찾으면 선장으로 모실 거고. 빌마는 크면 해적

중에서 가장 잔인한 해적이 될 거야."

"그렇게 될 거야!"

토마스는 이런 미래가 기뻐 웃음을 터뜨렸다.

"그렇게 하자, 형. 해적이 되자."

형제는 열쇠를 찾지 못할지도 모른다. 아이들도 동물들도 그것을 알고 있었다. 하지만 굳이 열쇠를 찾을 필요가 없다는 것도 알고 있었다. 삶의 마지막 순간까지 장벽이 없는 저 너머로 여행을 했다. 동물원 쇠창살이 떨어져 나갔고, 그 자리에 숲이 숨을 쉬자 모래 언덕이 쓸리며 강물이 넘쳐흘렀고, 동물들이 웅장하게 떼 지어 달렸다. 핏덩이가 눈을 껌벅이며 태어났고, 죽느냐 사느냐 하는 결투가 끝없이 이어졌다. 해가 떴다가 지고, 팔다리는 점점 뻣뻣해지며 나른해지고, 안전한 피신처가 그늘에 마련되었으며, 아이들은 많은 것을 보았지만 여전히 더 많은 것을 보고 싶어서 오랫동안 눈을 감았다가 다시 번쩍 떴다.

자갈길이 잔디밭과 만나는 곳에 웬 여자가 서 있었다. 안드레이와 토마스가 알아차리기 전에 동물들은 벌써 여자가 다가오는 것을 느끼고는 다리를 딛고 일어서서 눈을 떼지 못하고 지켜보았다. 늑대는 창살 사이로 코를 쑥 내밀었다. 원숭이는 입을 꾹 다물었다. 라마는 처음엔 한 다리를 들더니 다음엔 다른 다리도 들었다. 물범은 헤엄치다 멈췄다.

여자는 손을 옆구리에 붙이고 어깨에서 발목까지 오는 까만 모직 망토를 걸친 채 아주 조용히 서 있었다. 얼굴은 새벽녘의 잿빛 어스름과 폭격이 남긴 재로 그늘졌다. 여자는 말을 하지 않았고, 아이들은 얼굴을 볼 수 없었지만, 토마스는 여자가 누구인지 바로 알았다.

"엄마!"

토마스는 너무 놀랍고 기뻐서 그 자리에 가만히 앉은 채 외치고는, 어떻게 해야 하는지 아는 착한 아이처럼 손깍지를 꼭 꼈다. 엄마는 음식과 아기와 여행에 대해 이해할 것이다. 엄마가 모르는 것은 하나도 없다. 틀림없이 엄마는 동물 우리에 대해서도 알 것이고 자물쇠를 어떻게 여는지도 알 것이다. 엄마는 형과 빌마와 자신을 돌봐 줄 것이고, 모든 것이 늘 그래 왔던 것처럼 다시 햇빛을 받으며 떠도는 삶이 시작될 것이다. 이 전쟁은 끝났고, 토마스는 기뻤다.

하지만 안드레이 눈에 비친 사람은 엄마가 아니었다. 길에 선 여자를 바라보니 넘치는 평화가 느껴졌고, 어쩌면 검은 성 사라가 아닐까 싶었다. 검은 성 사라가 하늘 저 높은 곳에서 안드레이의 간절한 기도를 들은 것이다. 그래서 아무리 용감한 소년이라 해도 그 소년이 줄 수 있는 것보다 더 많은 도움이 안드레이 남매와 동물들에게 필요하다는 것을 안 게 틀림없었다. 성 사라가 아이들 편에 있는 한, 어떤 군인도 아이들을 해칠 수 없고, 어떤 어두운 밤에도 길을 잃지 않을 것이며, 어떤 길도 갈 수 있을 것이다. 어떤 쇠창살도 성인의 뜻을 거역하지 못할 것이다. 너무 오래 잡아서 지친 손처럼 스르르 빗장이 미끄러지는 소리가 들리는 것만 같았다. 어느새 안드레이는 팔을 벌리며 여자를 맞으러 다가가고 있었다.

하지만 동물들이 보기에 망토를 입고 앞에 서 있는 아름다운 여자는 아이들의 엄마도 성인도 아니었다. 동물원 주인의 딸 알리체였다. 동물들은 알리체가 숨어 있던 동굴과 알리체가 세웠던 계획과 알리체가 겪어야만 했던 고된 일과 알리체가 알고 있는 짜릿한 승리의 냄새를 맡았다. 동물들은 알리체가 마침내 돌아온 이유와 알리체의 심장을 빛나는 해와 장미로 바꾼 상처를 느꼈다. 알리체, 그녀는 열쇠가 필요 없었다. 그 상처 덕분에 자신의 심장을 잠그고 있던 자물쇠가 열렸으니까.

알리체가 아이들에게 따뜻한 웃음을 지으며 손을 내밀자, 우리에서는 독수리가 날갯짓을 하며 스스로 날 채비를 했다.